imaginist

想象另一种可能

理
想
国

imaginist

陆地的尽头，是海洋的开始

俞昆 著绘

上海三联书店

缘起

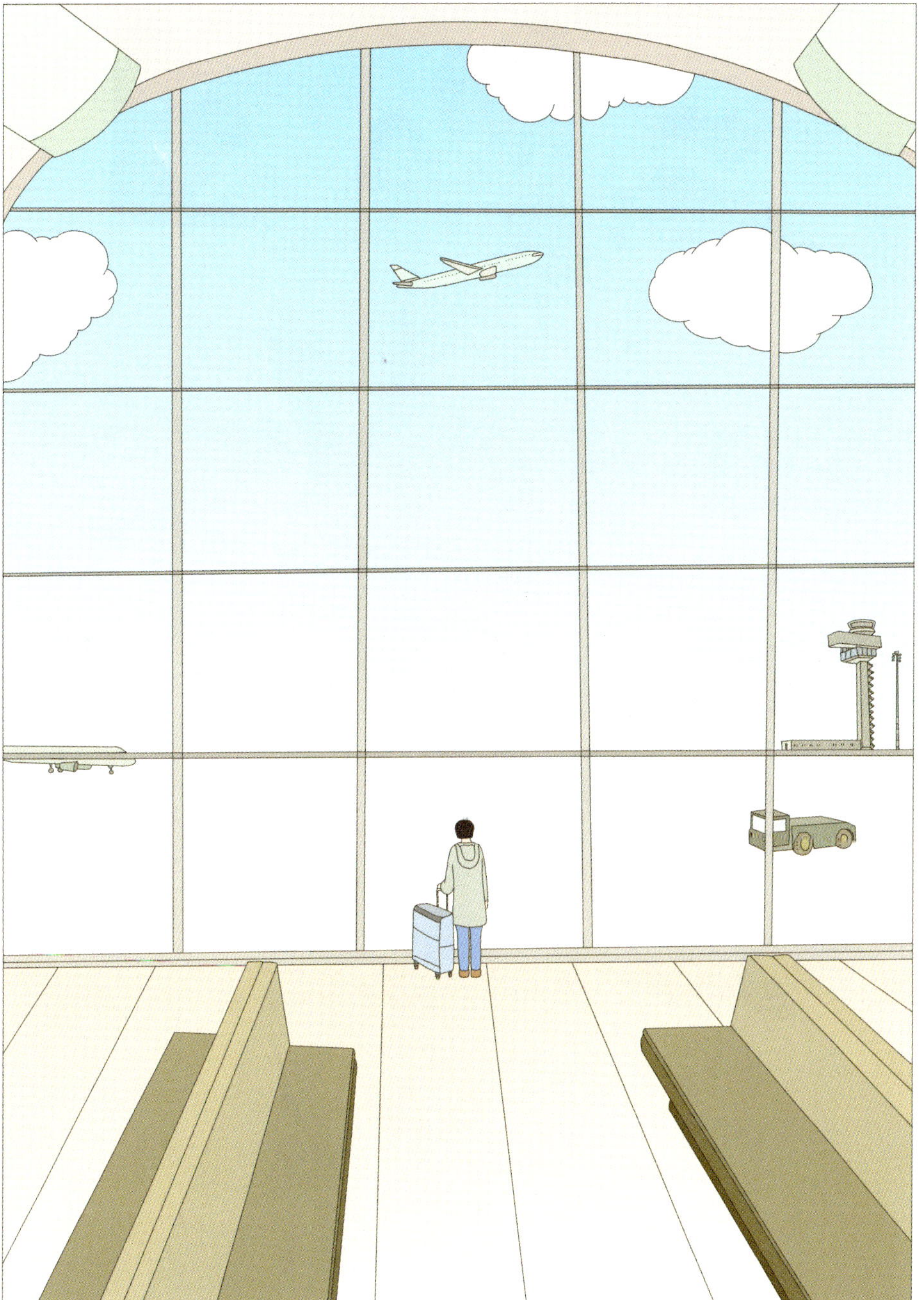

十四年前，我决定离开家乡，去法国继续学习动画导演专业。

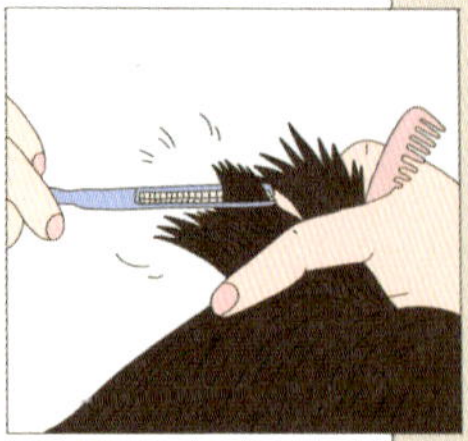

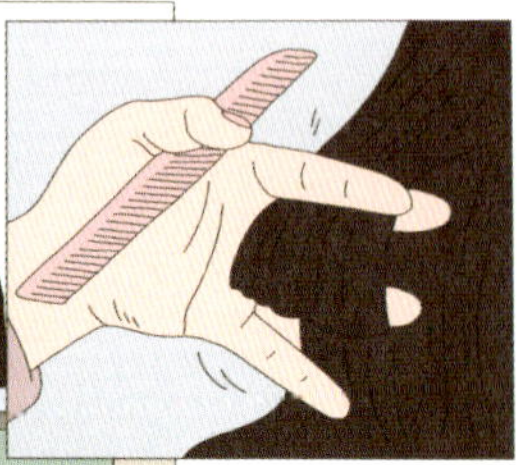

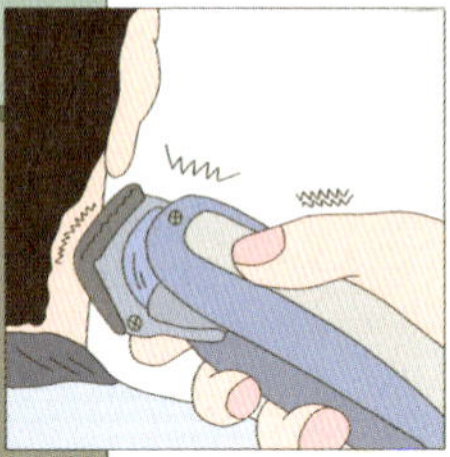

临行前，我将头发剪得极短。头发的长度，是度量未来在他乡的时间凭证。

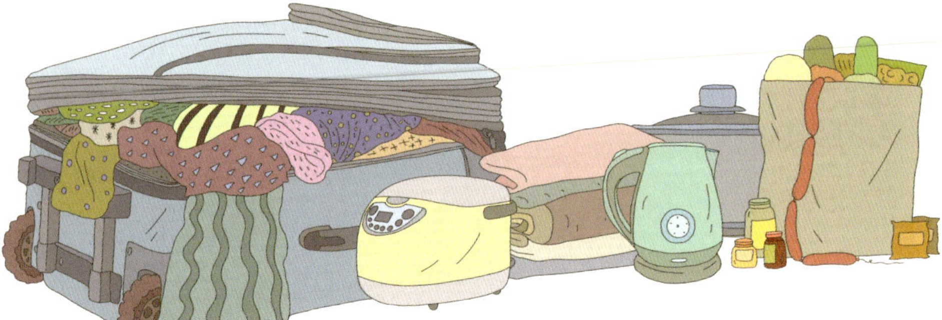

似乎再大的行李箱，都装不下父母的挂念。

电话里和男友说了一遍又一遍的“保重”，
迟迟不忍挂断的爱情。

国际、港澳台出发
International an
Macao Taiwan
离别那天流下的眼泪，险些把机场淹没成码头。

在法国半年后，我顺利地考上了心仪的学校。

异乡独居的日子，每次喝完一大瓶水是两天，吃完一包大米是一周，用完一瓶橄榄油是一个月……

头发越来越长，他乡不再陌生。

毕业后，同学们各谋出路。

我想留在法国继续创作，于是不断接工作，研究法国工作收入时长的规则，准备申请艺术家签证。

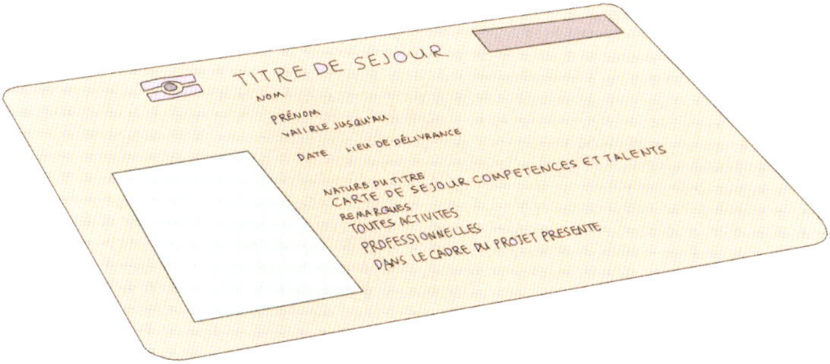

L和A都是我的老师，在我毕业后，这对夫妻邀请我住进他们家里。
申请签证的过程极烦琐，他们为我做了担保，提供了许多私人的证明文件。

那年冬天的积雪还没有完全融化时，一个清晨，我收到了我的艺术家签证。

这意味着在未来的一些年里，
我可以继续留在这个国家，
自由地进行艺术动画的创作。

第二年的春天，老师在后院种下一棵苹果树的小树苗。
他说，三年后，它应该和你一样高了。

未来的一切，很清晰地在眼前缓慢展开。

四月的一个凌晨，外婆突然病危。

以前打电话，她总问我：“你什么时候回来呀？”
我总是不假思索地应付着：“快了快了。”

外婆的后事办完，
我留在家里陪伴父母。

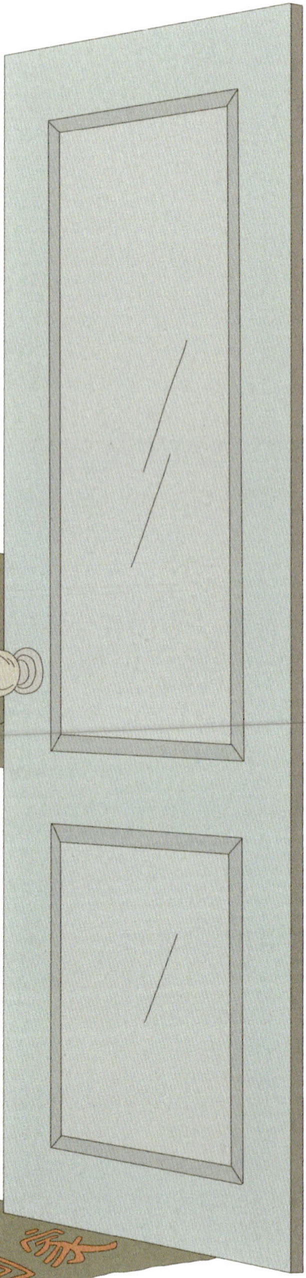

他们好像老了很多，似乎比之前更需要我了。

两周后，接到男友的电话，他的奶奶也突然离世。
去年看望她时，看起来还好好的……

这些突如其来的变故，
令我感到不安和焦虑，

是不是尽早回国，陪伴父母
才是更好的选择。

法国的艺术创作环境优于国内，对年轻创作者的扶持非常多。

这次回国前，我正在参加一个短片项目的竞赛，已经顺利通过了初试。

但一个月内，经历完两次葬礼后，曾经对未来极其确定的规划，忽然有点含糊了。

家和理想，

很难选择……

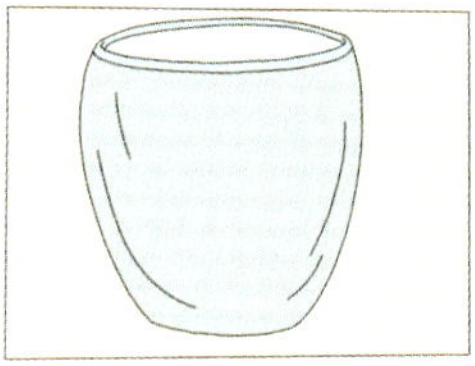

等待面试结果的时间里，父母问我
今后的安排。

我知道，回国是他们非常期待的结果。可我舍不得
离开法国专业的创作环境。

竞赛结果公布的那天，迟迟收不到邮件，我感到十分焦虑。

凌晨三点，睡不着，又刷了一遍邮箱。

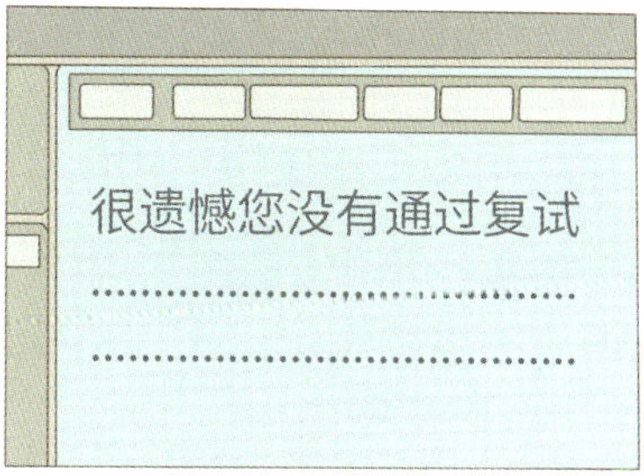

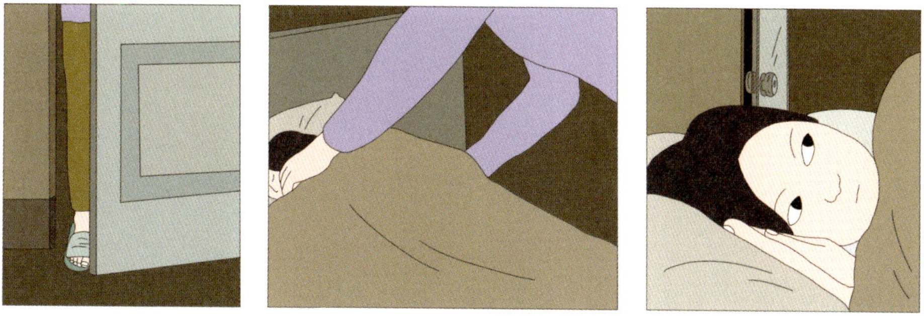

黑暗中，母亲也醒了，得知了结果。躺下后，忽然听到她一声叹息。说不清楚那是失落，还是松了口气。

就这样回国么？有些不甘心；可执意留在法国，有违父母的期盼。半睡半醒之间，记起老师曾和我说过的一条徒步之路。

那是一条从法国出发，横穿西班牙的徒步道路。人们带着生命中的疑问上路，据说在路上或结束时，会得到属于他们的答案。

忽然涌起一股勇气，令我不可抑制地想去走这条路，好像它在召唤我一样。

早上醒来，我和父母说，请让我走一次
那条路吧，也许走完我就会知道答案。

他们虽然看着不情愿，
但最终还是答应了。

三天后，我带着一些简单的装备，踏上了通往西班牙的徒步之路，去寻找那个答案。

DAY 1

生日快乐

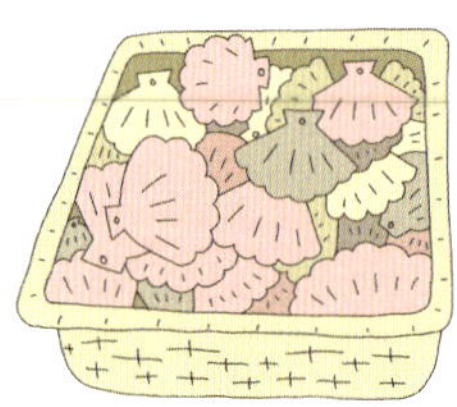

回到法国的瓦朗斯（Valence），向朋友们借了一些徒步用品，就准备出发了。第二天清晨的火车站，风凉凉的，没什么人。

师姐W来送我，在学校屈指可数的中国人里，她毕业后事业很顺利，结婚生子，留在法国。车门关上的一刹那，好像有很多话，还没来得及说。

不知是对未知的兴奋还是紧张，心慌得厉害。

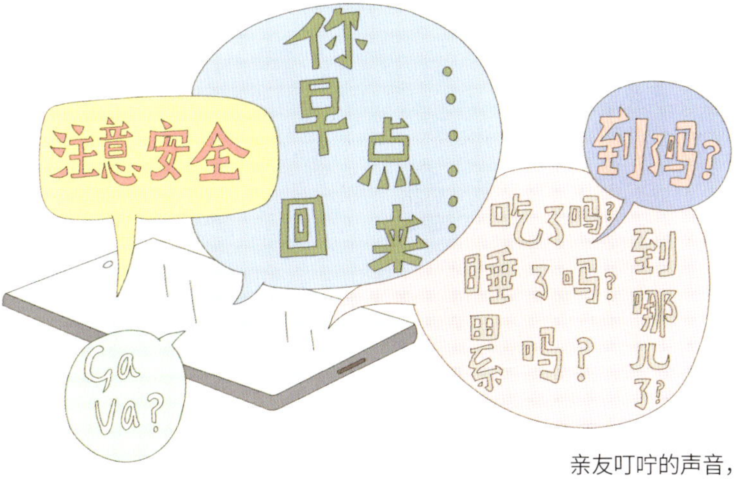

亲友叮咛的声音，紧紧尾追着整列火车。

中途换乘时，我看到了一个迷路的老人，他语言不通，彷徨失措的背影令我印象深刻。

到达圣让皮耶德波（Saint Jean Pied de Port）汽车站，已经有许多带着专业徒步装备的人在等车了，人们默契地互相点头问好。

大巴很快就到了小镇，我去找办理徒步护照*的办公室。

办公室里塞满了来自世界各个国家的人，他们都是来寻找答案的吗？

*徒步护照是这条路的通关文牒，终点处会依据每日积攒的印章，判断徒步者是否真正走完了全程。

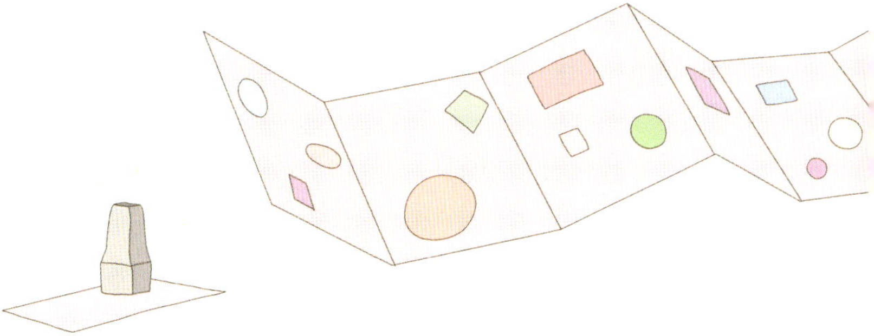

工作人员仔细填写身份信息，随后笑着递给我
一份徒步护照说：“生日快乐呀！”

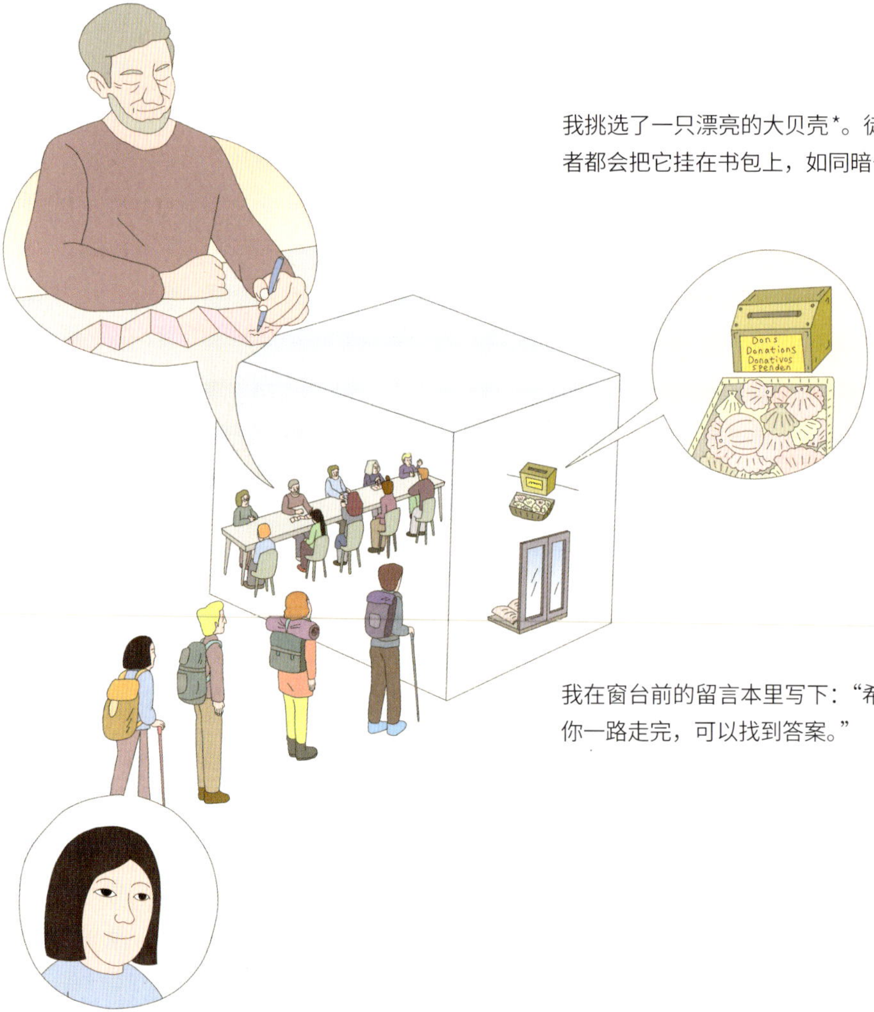

我挑选了一只漂亮的大贝壳*。徒步
者都会把它挂在书包上，如同暗号。

我在窗台前的留言本里写下：“希望
你一路走完，可以找到答案。”

在门口，认识了这条路上的第一个朋友，
韩国女孩J。她是大学生，在英国学习
广播电视，趁暑假来走这条路采风。

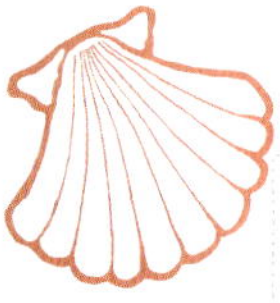

*大贝壳是徒步者的象征。路上所有路标都用贝壳作为符号，有的在路牌上，有的在石桩上，有的是金属，镶嵌在地上，有的是墙上的涂鸦，一路引导徒步者走到终点。

僻静的小街，旅馆都挂出“客已满”的牌子。随着天色愈来愈晚，两个人从初遇时的欢声笑语，逐渐变得绝望沉默。
绕了很多圈，直到最后，一家叫“星光”的小旅店还有床位。老板用不是很标准的英语，讲着他对人生的反思。

三层的小楼，有六个房间，里面摆满了上下铺的床。

十七欧元一晚，交完钱会得到一张写有床位号的小纸片，按号寻床即可。

爬上这张窄小且摇晃的床，午夜的风轻轻吹进来，心还是沉甸甸的。

记得昨夜收拾完行囊，关上灯后，黑暗中听见好友M说，一切都会好的。

凌晨忽然醒来，黑得什么都看不见，从房间的各个角落，
传来此起彼伏的鼾声，昏昏沉沉间，又睡了过去。

梦见了那个在站台上迷路的老人。

DAY 2

殊途同归

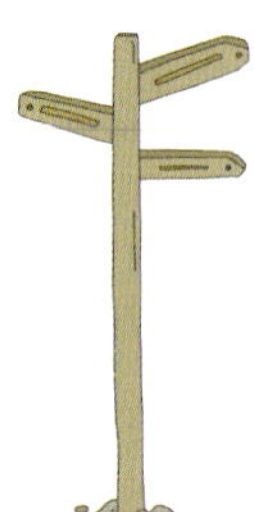

徒步的第一天需要翻过比利牛斯山。

小镇嘈杂的生活气息，随着各家烟囱里生出的炊烟，越飘越远。

刚开始爬坡，就发现路边有人在为脚上药。

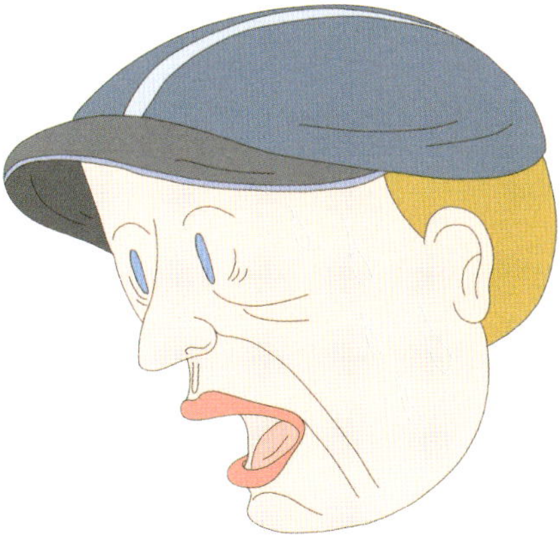

大家艰难地攀爬，每吸一口气都像要把全世界吸进肺里，快要窒息。

山路从两百米直接拔到一千四百三十米，让初次负重爬山的人感到吃力。

偶尔会路过坟墓，墓碑周围密密麻麻摆着小石子，经过的人会再捡起一颗，垒在上面。后来有人告诉我，这如同献花，是一种尊敬的表达。

听觉变得迟钝，有汽车打着双闪经过，像碾在棉花上，悄无声息。一切像梦，柔软不真实。

越往上爬雾越大，渐渐眼前什么都看不清了，浓雾里裹挟着绵密的细雨，背包吸饱了这份潮湿，更沉重了。

爬到一半，遇到一个墨西哥朋友，他说他是看了一部关于这条路的电影《朝圣之路》(*The Way*)，一时冲动决定来的。

他随口说，男主角的儿子就是在爬这座山时，遭雷电身亡的。我们略尴尬地沉默了一会儿。

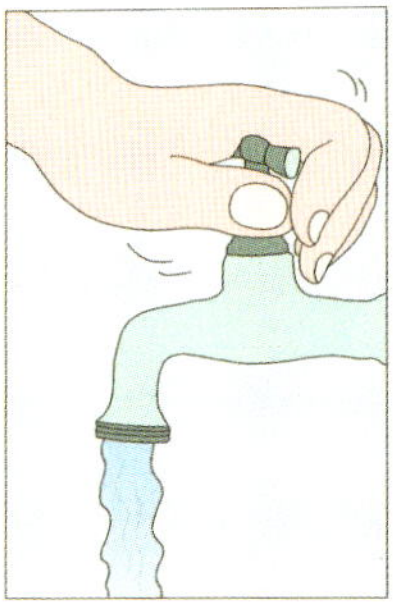

路上取水的地方很少，一旦遇到水源就得赶紧接满水壶。我去接水时，他说了声“再见”，就独自前进了。有点猝不及防，本以为可以和他多走一会儿。

后来陆续遇到各个国家的人，

随着每个人走路速度不同，就渐渐走散了。

走到每一个分岔路口时，需要认真看路标，有时是国旗，有时是贝壳，有时是荧黄色箭头，仔细分辨会让人有种寻宝游戏的乐趣。

爬到山顶时，已经快虚脱了。手机忽然收到短信“欢迎来到西班牙”。

不知不觉，出发的小镇居然已经离我那么遥远了。远处停靠着一辆小货车，塑料餐桌后面的中年男子在卖临时补给。

但食物并没有很多选项。

还没来得及品味，它们已经卷着风直接抵达我的胃。

徒步者们抓紧一切时间休息。

西班牙境内的雾淡了很多，这层薄纱被风吹起的瞬间，会看到远处大群的绵羊，黑头白身，安然自若。

渐渐地人越走越少，最后连动物也看不到了。

巨大的天地里，只剩下我一个人……
渺小，自由……

途经一所避难的小房子，里面只有简单的柴火。如果来不及下山就要在这儿挨冻，我不禁加快了脚步。

路口出现了一个令人迷惑的路牌，下山的方向和地图上写的正相反。

雾里面走出来一个女孩，她也迟疑地翻着地图。最终，她的判断与我不一样，我们只好对彼此说了句“好运”，就各自往两个方向走了。

*庇护所凭护照入住，很便宜，一张床位十到十五欧元，还有公共浴室和餐厅。

果然，半小时后我找到了庇护所。不免担心起那个在岔路口分别的女孩。

这时从丛林中走出来一个人，正是她。原来，这两条路都可以下山，即使当初看起来是两个方向。

庇护所里排队登记，有十欧元的床铺和十二欧元的朝圣者晚饭套餐*，每个人只有十五分钟的洗澡时间，如果超时，水会自动停止。

*沿途许多餐馆会为朝圣者定制套餐，通常包含小前菜、主食、小甜点各一份。有些地区的套餐比较难吃，不如自己做。

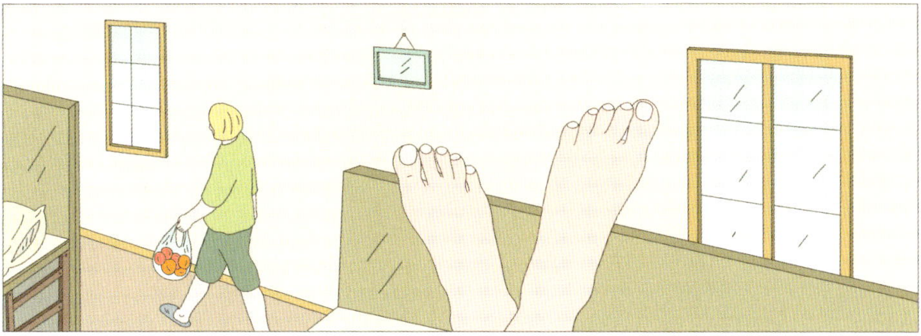

晚饭后，我看到那个从另一端下山的女孩，从我的床前走过去。

人在国外漂流的日子，心情低落时，就会思考要不要回家。
通常早上醒来决定要留下来，

可到了深夜
就开始想家。

也许迷茫时的选择，大多都只是殊途同归吧。

无论留下还是回国，是不是结果都一样呢？

如果一切选择都像选下山的路这么容易，就好了。

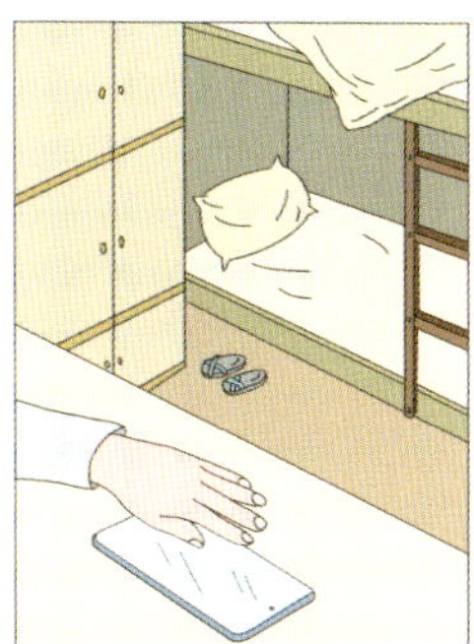

翻了个身，昏昏入睡。

DAY 3

亚洲人

早上五点钟，被窸窸窣窣的声音吵醒，困意正浓，翻个身又睡着了。

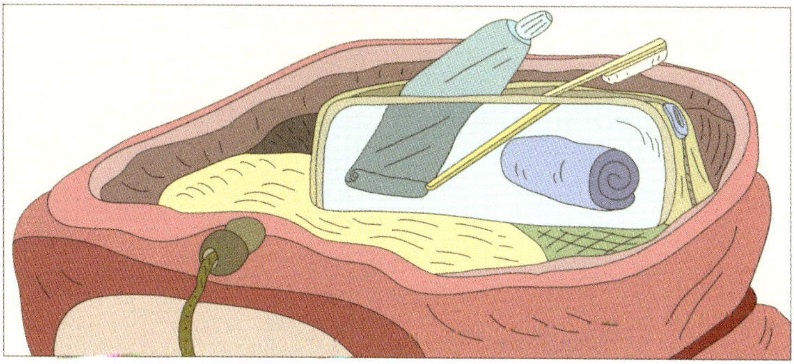

所有人差不多都在六点钟起床了，我打包的技能比前两天熟练了很多。

路边卷着角的小羊，安然地看着赶路的人们。

由于昨夜的雨水，林间小路变得泥泞。但比起翻越大山，即使湿滑踉跄，我也觉得格外轻松。

半个小时后，走出森林，眼前展现出一个小镇。有背包客在镇边的咖啡馆吃早点。

我找了个小酒吧，老板看我语言不通，把他认为最好吃的东西直接推到我面前，用强烈推荐的手势比划着，令人很难拒绝。

小镇安静得像是还没有睡醒，
大概很久没人住了。

我凑近那朵饱满垂头的花，
凭它诉说着久违的心事。

路上的亚裔面孔不多，
多数是韩国人，其次
是日本人，最少的是
中国人。

每次遇到亚洲面孔时，大家都用自家母语打招呼，
发现对方面无表情时，就笑笑离开。

在法国上学时，我是班里唯一的亚洲人，同学和老师都对我非常照顾。

每年的圣诞节或者新年，都会被接到不同的同学或老师家里，和他们一起度过。

好友M发来消息说：“路上要注意安全。”

明明地图上写着距拉拉索亚纳（Larrasoaña）只有四公里，却多走了一倍的路还没到。背上的包，越来越沉。

路上不断有人停下来，在就近的村子住下。同行的徒步者越来越少，多数时间我独自走在一片荒草里。感到迷失的时候，只能坚信自己的方向，继续寻找贝壳标识。

走着走着，突然旁边的密林中跳出一对徒步的情侣，原来从旁边的野山是可以抄近路的。

半路上遇见一个女孩，她全副武装，戴着面罩和墨镜，热情地用日语和韩语试探着向我打招呼。

夏日高温，我执拗地按照地图，蹭到了拉拉索亚纳。
手机显示走了二十七公里，浑身酸痛。

走到旅馆时，一群人正在洗衣服，他们惯性地用韩语向我打招呼，看我尴尬地笑，就再没和我说话。

整个小镇只有一家小饭店，已经过了饭点，但看到一脸疲惫的我，老板娘还是下厨做了土豆蛋饼。半凝固的蛋芯儿裹着土豆块，内瓤酥软，边缘焦脆。橄榄油从每一个气孔里渗出来，像温润的溪流抚慰着我的身心。

饭后，她看到我巨大的背包，善意地提醒我徒步不要背这么多东西。

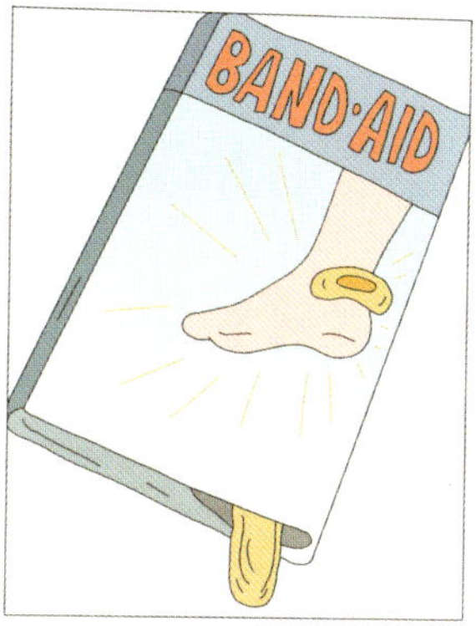

半夜脚疼醒……

DAY 4
行 囊

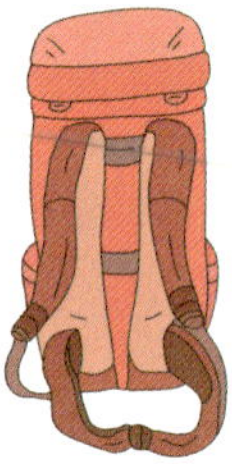

昨晚洗完的衣服，挂了一夜还是潮湿，比平日更沉了。

旅馆门口有几只大箱子，里面有之前的徒步者留下的物品，可以服务于未来更需要它们的人。

但人生的行囊里，总有无法割舍的……

想起昨天老板娘的劝告，我决定把运动衫留在晾衣架上。二十多公斤的背包，在夏日高温途中，能少一滴水，都是幸福的。

我刚刚至少告别了一公斤。

每当拿起地图，总会有老人家放下鱼竿，特地跑来，问我是不是需要帮忙。

一直走到下午，迷路使我找不到贝壳路标，原地打转时，不知从哪儿跑来一只流浪狗，摇晃着走在前面。
遇到了同样迷路的英国人S。她快七十岁了，她说到了这个年龄，有些事情现在不做，这辈子都不会做了。

S说：“大方向应该没错，我们就跟着这只狗走吧。”我俩跟着它，穿过了一个废弃的小村子。

这里的一切像是被某个巨人丢下的玩具，废弃的马棚、门窗破损快倒塌的房屋、躺在地上锈掉的锁头…… 七零八落的。

渐渐路上开始有像样的建筑，那只狗也不知道什么时候消失了。贝壳标识再次出现，我们沿着16世纪的老城墙进入潘普洛纳（Pamplona）小城。

听说这里每年七月份有奔牛节，整条街都有奔牛狂跑。走了三天的山间田野，很久没见到这么繁华的城市景象了。

S决定留在小城歇脚，我们拥抱后道别。

出城前，看见一个像牌坊的石门，走马观花地拍了照片，就准备离开。忽然旁边有个中年男人走过来，和我不停说话，但我完全听不懂。

最后他硬把我拽到这个建筑物的“背面”，上面有更精致的花纹和文字。我恍然，原来这才是正面。我回头连忙说感谢，他却瞬间害羞地跑远了。

晚上，我留宿在西苏尔梅诺尔（Cizur Menor）的一家小旅店，这里甚至还有按摩足底的服务。

旅店里的草坪上，有人弹尤克里里，有人做瑜伽，有人在聊天，但更多的人都在给脚上药。躺下时，听见有人打电话说，走不下去了，准备回家。

我已经把包里的东西扔得差不多了，
怎么还是那么沉……

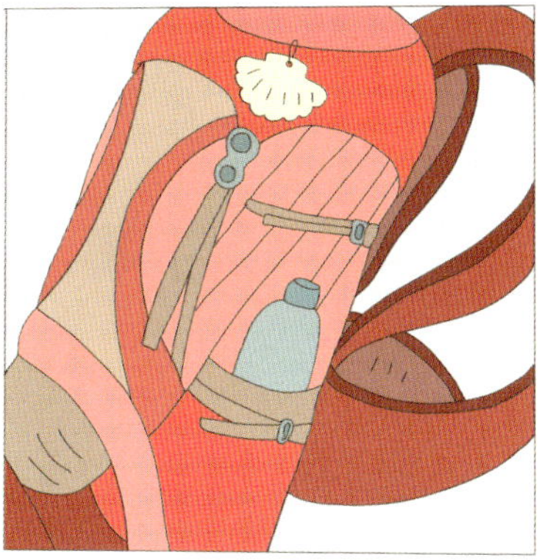

是不是我放下得，还不够彻底……

DAY 5

寻人启事

MISSING

早上醒来时，依稀记得昨晚梦见回到瓦朗斯。

在梦里我去找好友M，走街串巷到了她家，还是找不到她。醒来发消息问："在我的梦里为什么你不在家？"她回短信："哈哈哈，大概是因为最近在旅游吧。"

瓦朗斯是法国东南部阿尔卑斯大区的一座小城。继蒙彼利埃（Montpellier）之后，我在这里住了三年多，有太多回忆。

收拾好行囊，遇到了一个法国老奶奶L。

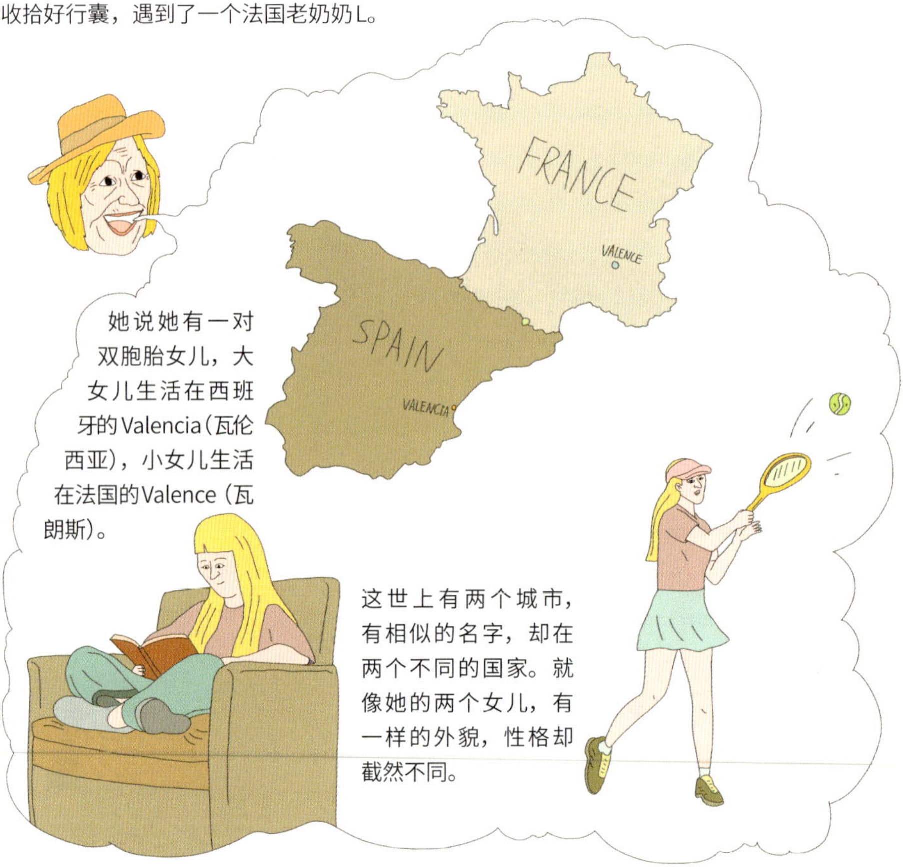

她刚刚在西班牙的Valencia看望完大女儿，就来徒步了。但走到一半就要停下来，因为小女儿马上要做妈妈了，她要回法国的Valence照顾她。

开始进入西班牙的平原地区。爬上著名的上宽恕山（Hill of Forgiveness），山顶有一排铁塑朝圣者群像。可能是昨晚做梦一直在找人，今早走路就有点体力不支。

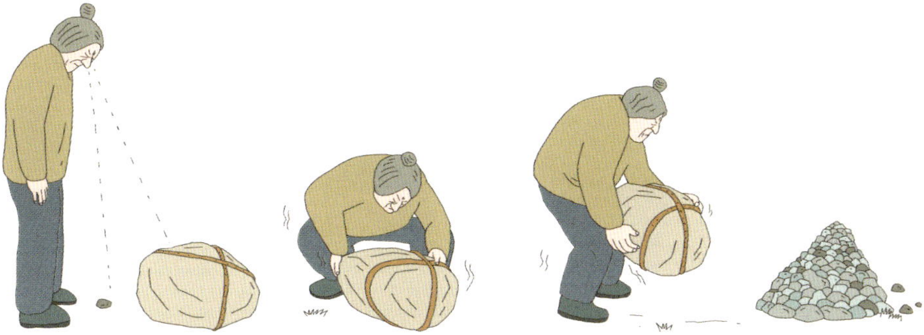

铁像旁有一个朝圣者巨石阵，有许多石头，据说石头重量代表罪恶大小。

背包太沉，下山时总感觉要一头栽下去。走到岔路口，我又一次站在原地疑惑，刚刚那个搬巨石的老奶奶经过我身边突然大声喊话，也不知道是不是对我说的。

中午的太阳越来越高，路上有两个卖柠檬汁的孩子，七八岁的模样，长得很像。女孩负责倒水，男孩负责加冰块，价格随意。

下山途经一个小镇，那里正在举办巨型木偶的游行活动。人们钻进一个个巨大的木偶里，周围人敲着鼓，吹着号，好热闹。遇到了一个西班牙男孩F。

他刚大学毕业，学历史的。他说在西班牙走完这条路，拿着徒步证书，找工作都会更容易被录用。

走了快十小时，我们决定在皇后桥镇（Puente la Reina）歇脚。这座中世纪小镇有一座11世纪的罗马式石桥，据说洪水泛滥时，这种钻石型桥墩和空心拱门可以减缓大水的冲击。小镇只有两家庇护所，我选择离出城更近的，而他留在城口，我们道别。

踏入旅店，我已经累得站不稳了。排队登记时，看到旅店告示牌上有一则寻人启事。

上面写着今年五月份，一位韩国女生在这条路上失踪。寻人启事上有她的照片，和最后一次与父母联系的信息截图。

我的胃忽然一阵痉挛。

洗完澡靠着床铺的窗边，看到楼下的草坪上，有一家人正在烧烤聚餐。我忽然很想家。

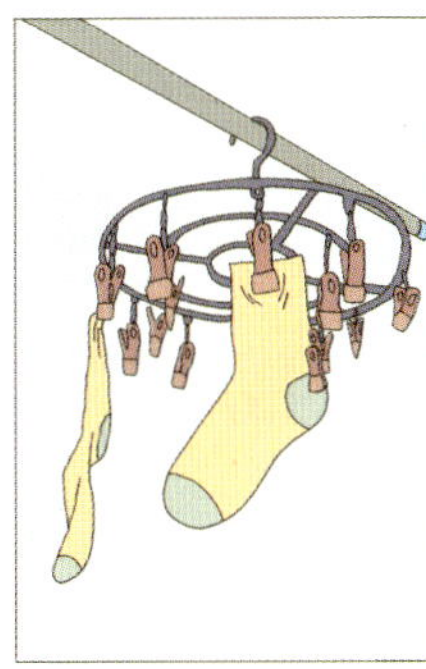

回国和家人一起生活，
不是挺好的吗？

DAY 6

哦，我的太阳

凌晨三点的厕所好冷。每天居无定所，吃的东西太杂。在潘普洛纳的药店，买了强力泻药，效果很明显。

再次回到房间，有人呼噜打得很大声。我睡不着，翻来覆去到五点，决定起床上路。

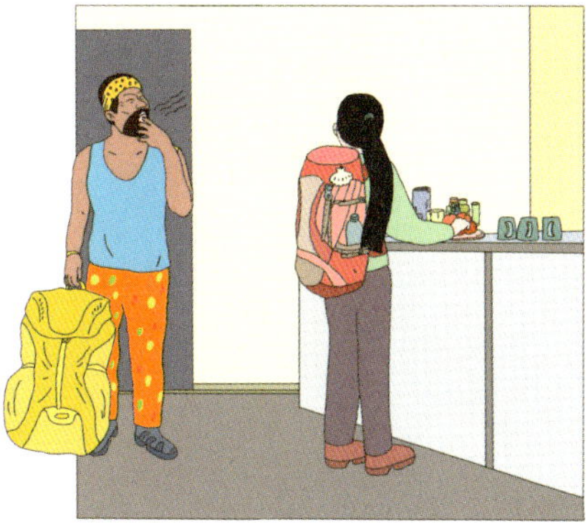

小旅馆为了方便早起的徒步者，把早餐放在后厨。大家吃完就可以从后门溜走，不用吵醒前台的工作人员。

一个扎着花头巾的男人打着哈欠走进来，他从上到下的着装五彩斑斓，连手上的背包也是乍眼的明黄色。

我多放了几块饼干在包里，出门了。

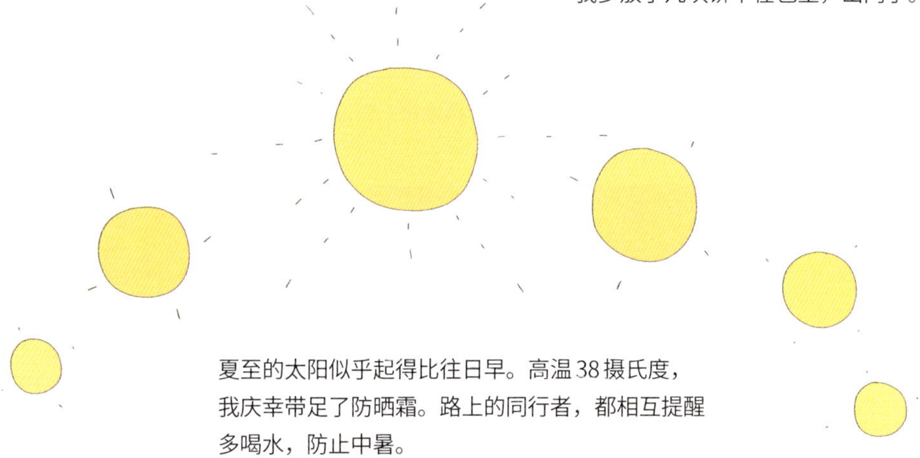

夏至的太阳似乎起得比往日早。高温 38 摄氏度，我庆幸带足了防晒霜。路上的同行者，都相互提醒多喝水，防止中暑。

我不停地喝水，不断地往脸上擦防晒霜，像一只行走在日光下的喷水壶，大口大口地喝水，再大滴大滴地出汗。

每天清早，影子都懒塌塌地拖在身后。烈日当头，它就颓败地缩在我脚下，随后又急着赶在前面，像要快点走到下一个小镇。欧洲的夏天，到了晚上九点，太阳还不肯下山。

在法国每天傍晚六点才放学，每当想用中文倾诉一天的心事时，由于时差，国内的家人和朋友都已经熟睡了，我只能回到房间里，看着那个仍不肯去睡觉的太阳，和自己的影子聊聊天。

快到中午，总算走到了埃斯特利亚(Estella)，西班牙语里是“星星”的意思，所以这里也被称作“星降之城”。

找了家小餐馆，女服务员很不开心的样子，大概是因为我只点了一盘沙拉。

玻璃窗外，许多人在烈日下咬牙继续前行。曾经想象过路上会很艰辛，没想到除了难走，还这么炎热，真不应该选择大夏天出发。

结账时，见我身上都是大面额的整钱，老板笑着只收了我仅有的几个硬币，显然是不够饭钱的。但他耸了耸肩，旁边的女服务员看起来更不开心了。

傍晚在旅馆里洗漱完毕，刚要躺下，看到一个亚裔面孔的女孩走进房间。

起初我以为她是韩国人，后来她说曾以为我是日本人，直到看见我柜子上中文牌子的防晒霜，才过来和我说话。大概是这条路上的中国人太少了，我们都没有相认的勇气。

她叫X，在英国学法律，正值暑假，想走这条路作为人生体验。我们聊了很多亚洲人在欧洲的趣事，非常投缘。忽然她的朋友叫她出门吃饭，她认真地对我说："等我回来。"

我躺在床铺上等她，等着等着，眼睛渐渐被困意厚厚粘住。

晚上被一阵窸窸窣窣的响动吵醒，不知道是不是她，但我太累了，很快又失去了意识……

DAY 7

三人行

四点半就起来了，X还在睡觉。我想着日后应该还会在路上遇到，就没有叫醒她。

悄悄拿着背包，躲进楼道里开始换衣服，已经有许多人在打包了。黑暗中混杂着大家窸窸窣窣整理行囊的声音，倒也不那么害怕了。

为了不经历昨天的暴晒，五点整我踏出旅馆大门，外面还是一团漆黑。

打开头灯，只能照见脚尖前的一点点路，光束微弱，冲不开我对黑暗的恐惧。草丛里突然窜蹦出的野猫，远处偶尔经过的汽车，冷风吹铁皮卷帘门的哗哗声，都让我猝不及防。

走着走着就找不到路标了，在一个居民区绕了快三十分钟。

天色的浓黑渐渐被稀释，我爬上一座小山。淡灰色空气中，依稀看到一家小工厂忽明忽暗的灯光。一切虽然离我很远，但能看到这些，心里还是踏实了很多。

在一片麦田旁边，路过了一座古老的教堂。这条路竟然已经存在了一千多年，曾经的朝圣之路不像现在这么平坦，朝圣者要翻山越岭跋山涉水，没有路标。有些人会病死在半路。他们清晨经过这座教堂时，会是怎样的心情？我静静地站在那里，看着教堂身后的天空渐白，黎明的光线缓慢地沿着建筑的轮廓将它描摹清晰，不知道为什么，觉得很亲切。

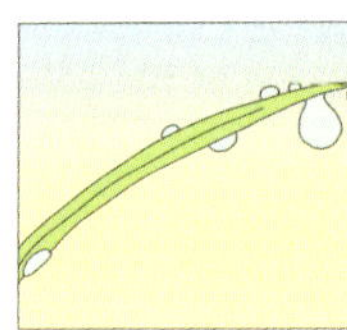

穿过一片小树林，日光一寸一寸渗进来，一开始是烙铁般的红光，然后渐渐变成深橘色，

最后成了浓稠的金黄色，泼墨般地染满整片树林，驱赶了残余的黑夜。

走出山林，回头看，山岗后有一轮正在升起的太阳，天空是全然的粉红色。

中途遇见两个西班牙人，其中一位是昨天取早餐时遇见的花头巾N，他最近刚失业，去年趁假期骑行了全程，今年徒步一次。另一位大叔J，会说法语，是西班牙南部小城里的一个公务员，今年只打算走三分之一，其余的留给明年假期。

本来计划今天要停靠在洛斯阿尔科斯（Los Arcos），在两个家伙不断地劝说下，已经走了二十多公里的我，又跟着他们走了七公里。

他们说我错过了“红酒喷泉”。它在出城后大概两公里的地方，左边水龙头出红酒，右边水龙头出水。12世纪阿耶吉（Ayegui）的葡萄园给经过的朝圣者发放红酒和面包。后来伊拉切酒庄（Bodegas Irache）建造了红酒喷泉。但我天生酒精过敏，也不觉得遗憾。

而对他们来说，路上一定不能错过的就是这里的红酒。
他们本来想装一瓶，为此特地空着一个瓶子没装水。

结果现场被其他徒步者制止了，只好喝饱才走。

剩下五公里时，明明能看到终点，可就像走在跑步机上，怎么也走不到，眼前永远是一望无际的小麦田。三个人只好分一分仅剩的水，咬牙坚持。

终于走到了小镇，J大叔一边擦汗，一边锲而不舍地向我们讲解这个地名的含义。

吃完饭，花头巾让我给他画像。在没有J大叔翻译的情况下，我们的交流主要靠比划和猜。

邻桌的西班牙男孩来和我们说话，他在比利时上学，所以法语说得比J大叔好很多。

男孩说，今年他已经毕业了，准备回西班牙。开始工作前，他带着妈妈、大姨、大伯和婶婶一起来走这条路。

男孩的妈妈请我们品尝当地的特色酒。花头巾和J大叔喝得开心，我嘬了一小口，舌尖顿觉好麻，只好继续喝果汁。

隔壁那桌老人看着我慈祥地笑着，有一瞬间，我恍惚在他们中看见了外婆。

这里是大西洋气候和地中海气候的交汇处，自然环境十分舒适。整个下午的时间慢慢地流淌。
我继续给花头巾画头像，
邻桌男孩讲着他在学校的故事，J大叔在角落里看书，长辈们继续一杯又一杯地喝着聊着。

这条路似乎就像一条河，你只需要随波漂流就好。

DAY 8

茉莉花

昨天临睡前，我们商量第二天的路线。

大家一起填完寄行李的单子，赶紧睡了，想象着马上要到达的大城市——洛格罗尼奥（Logroño）。

早上一起出发，第一次路上有朋友陪伴。他们带我抄近路，我才发现之前自己按地图走，绕了很多弯路。

这两人边走边唱，可能是唱厌了，就吵着让我放首中国歌。我点开了《茉莉花》。他们都说好听，于是开始了单曲循环，两个人咿咿呀呀地像环绕立体声在我前后唱着，总觉得哪里怪怪的。

从这里开始，就离开纳瓦拉王国（Navarra）的土地，进入拉里奥哈（La Rioja）——著名红酒产区。路上经过了许多葡萄园，葡萄们都还没有成熟。两个人兴奋地说，今天要停靠的城市有西班牙最好的红酒，还有晚上酒吧里的塔帕斯（tapas）*也令人期待。晚上终于可以大吃一顿了！

*塔帕斯是西班牙一种下酒开胃菜，分为冷、热两种，有些简单的菜式放在盘子中，有些用牙签串起来。

当然结伴而行，也不全是方便，比如J大叔要攒齐所有教堂的印章。有的小教堂十一点才开门。我和花头巾只好去喝咖啡，陪他等印章。之前抄近路省下来的时间，全消耗在这儿了。

他们叫我名字时，发音很奇怪，以至于我没有听出来在叫我。那声音像两只鹳在鸣叫，每次他们叫完，见我没反应，两人就开始互相埋怨。

背包比我们先到旅馆。减重才是长久之计，但有些东西是向法国朋友们借的，没办法扔掉。刚好这个城市有邮局，我决定把一些东西先寄回法国。

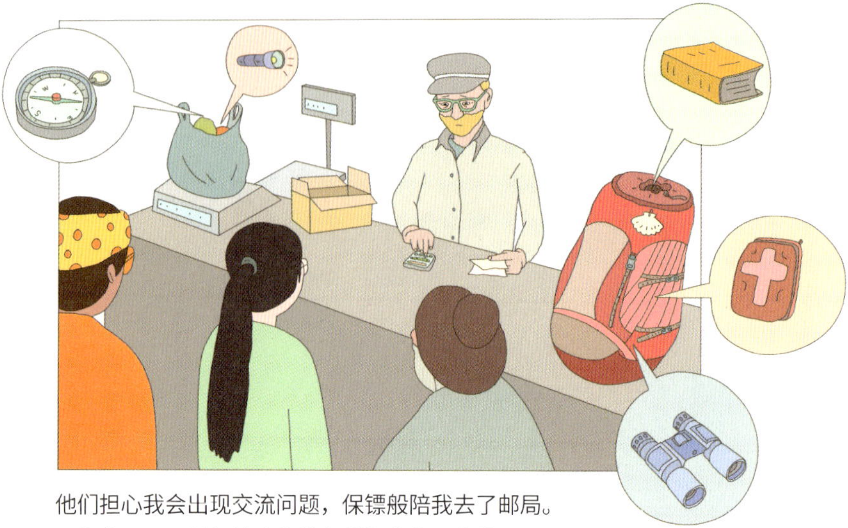

他们担心我会出现交流问题，保镖般陪我去了邮局。
工作人员不厌其烦地计算着怎样邮寄能更省钱。

寄完东西，终于可以轻松地在市中心溜达，这的确是近些日子见到过最大的城市了。

花头巾手机响了一声，他低头看了会儿，大叫起来。是一家公司决定录用他的回复，但邮件里要求他马上就去上班。在不景气的市场环境下，这确实是难得的工作机会。

不能再继续同行了，大家都有些遗憾，花头巾摇头说：“本来都计划好的。”J大叔拍了拍他说：“有变化未必是坏事。”走之前，花头巾让我传《茉莉花》给他。

晚上市中心吃塔帕斯的人真是多，从每个人踮着脚尖走路的样子，我大概能分辨出来他们大多都是徒步者。

这里的塔帕斯品种很丰富。J大叔一口气吃了很多，炸蘑菇，炸猪尾巴，炸墨鱼，炸朝鲜蓟⋯⋯他不断向我推荐，但我只吃了些章鱼串就饱了。

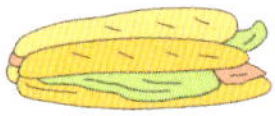

临回旅馆时，我请他吃冰激凌，自选两种口味混合。他选了山羊奶酪加朗姆酒，我只闻了一下，就想吐了。

晚上躺下时，听见J大叔在下铺哼《茉莉花》，可能是有点跑调，也可能是我冰激凌吃多了，脑壳有点疼。

DAY 9

自制沙拉

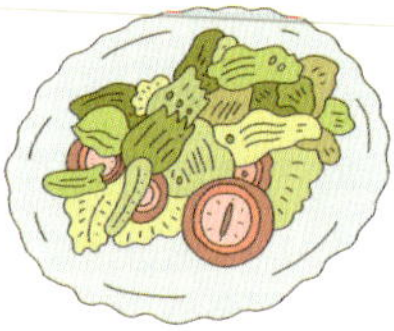

即使穿了两层袜子，脚上还是磨出了四个水泡。万幸寄走了许多东西，背包终于轻了很多，也许真的不需要那么多东西。但我不打算再托运行李，像是考试作弊一样，失去了徒步的意义。

路上一片漆黑，戴着头灯的J大叔走在前面，我迷迷糊糊跟在后面。这次因为有同伴，少了些在黑暗中独自前行的恐惧。

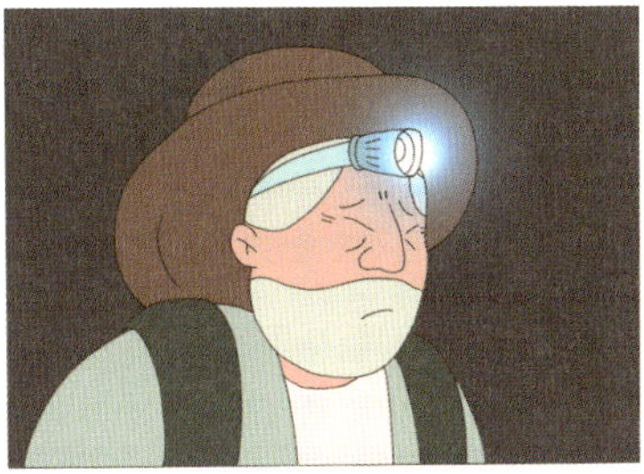

我梦游般跟着他走了很久，直到有好心的司机，特意掉头到我们身边。

J大叔是一个狂热的集章控。一路上，凡是可以盖章的地方，无论旅店、咖啡店、路边摊，他都要来一个。

有时候我不会等他，径直自己先走，但他走路很快，不多久就追上了我。

路上偶尔经过果树，J大叔摘下梅子递给我，
我坐享其成直接往嘴里塞。

“你知道这条路的故事吗？”
“知道得不多，你讲讲吧。”
我怕自己走路睡着，不如听故事提提神。

传说1世纪耶稣十二门徒之一雅各（西班牙人称“圣地亚哥”）在西班牙传教布道。

七年后他回到圣城耶路撒冷。很不幸，他在那里被砍了头。尸身被弟子们运回他生前钟爱的西班牙，悄悄埋葬。

中世纪漫长的战火中，随着阿拉伯人在西班牙长达八百年的异教统治，谁都不再记得圣地亚哥的墓地在哪里。

直到9世纪，一个修士在午夜星光的指引下，找到了他的墓穴和遗骨。

“靠星星就能找到？怪不得路上有那么多和星星有关的地名。”

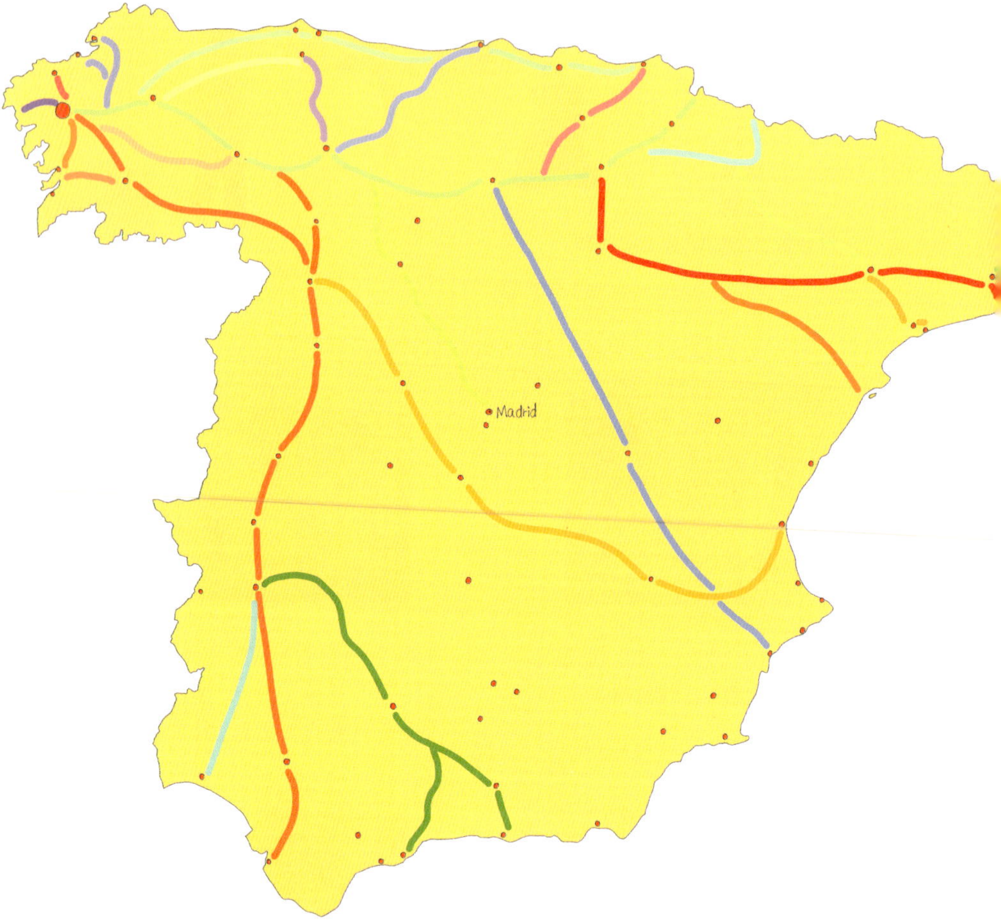

“是的，从此人们以圣地亚哥的名字为那个城市命名，它成为朝圣之路的终点。所有的欧洲朝圣者，不断从四面八方涌向那个城市，几百年来形成若干条‘朝圣之路’。”

“那为什么这条路上都用贝壳作为标记呢？”

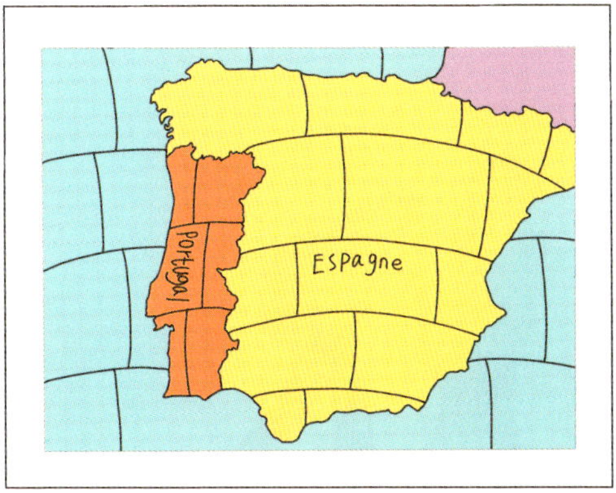

“据说有三种说法，一种是伊比利亚半岛的版图像一只贝壳，朝圣之路像贝壳上的纹路，都通往圣地亚哥，所以用贝壳代表这种圣行。

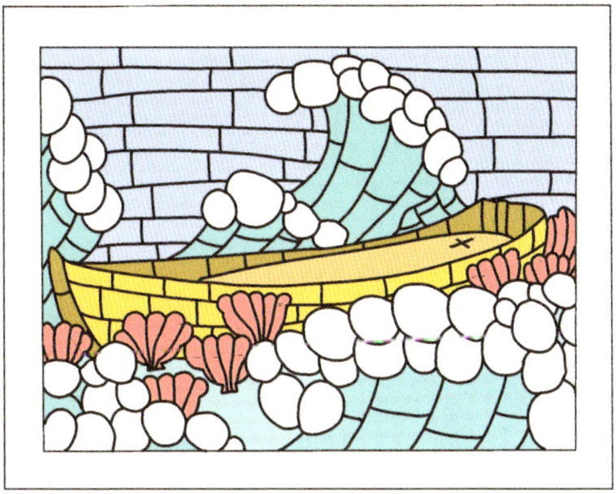

还有一种说法，圣地亚哥的遗骸被送上石船，运到加利西亚海岸时，突遇暴风雨，船只沉没。但他被无数贝壳托举出来，被海浪冲上岸。所以贝壳也代表他的重生。

第三种说法是，圣地亚哥是个渔夫，贝壳是他的化身，一路引导朝圣者的脚步。路上贝壳既可以盛水，又可以做饭碗，很实用。”

也许是因为听他讲故事没有感觉到时间，没过多久，我们就到了要停靠的小镇。我已经困得快睁不开眼睛，J大叔打着哈欠说：“要知道就这么点路，咱俩没必要起那么早啊。”

到了旅馆我一头栽下就睡着了。今天可能是西班牙的某个节日，年轻人跳舞唱歌，恣肆青春无处安放。可无论外面有多吵，我一直睡到天快黑才醒来。

醒来后去买菜，很久没见到大超市了，我就像掉进大米堆里的老鼠，看到什么都想买。

最后挑挑拣拣，还是买了小半车食物。

晚上我们做了丰盛的沙拉。即使分给其他徒步者，还是没吃完。J大叔用剩下的菜做了三份三明治。明天的小城圣多明各–德拉卡尔萨达（Santo Domingo de la Calzada）是他这次徒步的终点。

晚上，旅馆旁边的桥上开始放烟花。
这让我回忆起我在法国毕业的那个晚上，也是这样的烟花，
一簇一簇的，很美。黑夜被照亮，显得很迷人。
那时的我，很想留在那里。

夜空中，在烟花深处，我好像看到了白天故事里讲的星星。

DAY 10

复活的鸡

早上J大叔除了背他的包，还负责抱一个哈密瓜，一脸怨念的表情。

半路上看到一个胸口褴褛斜兜着婴儿的女人，她向路人卖洋葱鸡蛋饼和红酒，眼睛里充满了祈求，说价钱随意。

J大叔和她聊了一会儿，得知她很不容易，自己带着孩子，又失去了工作，只能靠卖小吃维持生活。他留下了五欧和半个哈密瓜，女人连声感谢。

J大叔怕赶不上回家的大巴，越走越快，而我累得只想躺在地上，他留下一份三明治给我，约我在下一座小城的门口汇合。

很快，他就消失不见了。

我按照我的节奏继续向前。遇到了很久不见的法国老奶奶L，她递给我半袋车厘子，说她的小女儿已经生完孩子，今天她就要结束徒步了。

“我们找个好看的地方拍张合照吧。”她建议。我说：“那就这里吧。”我担心再错过可能就再也见不到了。告别时，她说那未来Valence见，无论是哪个国家的。

路上有时能看见两个韩国人，公放音乐，边走边跳，有点吵，但让我想起J大叔和花头巾一路唱歌的样子。

一个人走路最大的困难就是找地方上厕所，躲在草丛里总是担心有人突然经过。身体极度放松时，头脑却要时刻警惕四周。还好有这对韩国兄弟的音乐，帮我准确判断他们的方位。

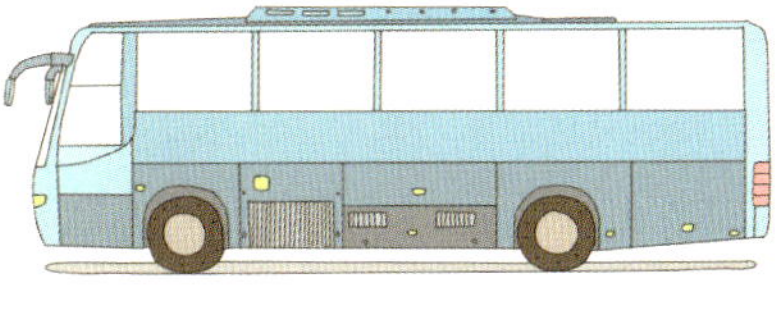

我一边赶路，一边担心J大叔已经坐上大巴，来不及告别了。

快到小城时，远远就看到一团蓝色球形站在城门口，J大叔一脸倦怠地说，到小城后看到车次时间表就放心了，买了末班车票，这样大概率可以等到我。

他陪我找到旅馆，亲人般安顿好我的一切。看时间还早，又带我去了小城的教堂，讲起了这里的故事。

话说从前有一家人踏上了圣地亚哥的朝圣之路。这个城里一个旅店老板的女儿喜欢这家的儿子，但男孩无动于衷。

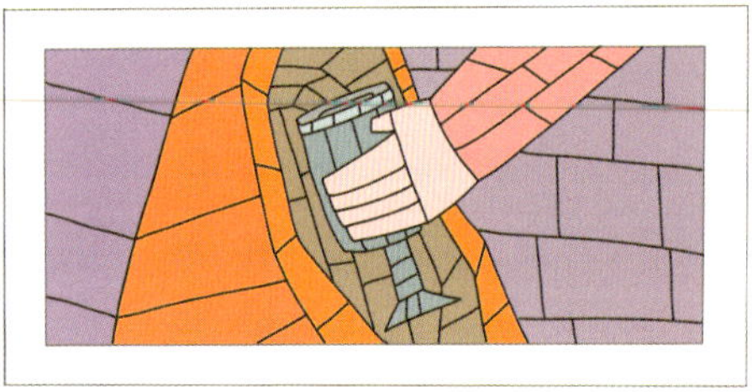

女孩想栽赃报复，趁其不备，把一只银杯塞进了他的背包。

第二天这家人上路后，女孩就向当地法官举报了失窃。

无论男孩怎么解释都没人相信，无辜的他被判了绞刑。

伤心的母亲听见了圣多明各的感召。神说，虽然你们的儿子被吊上绞架，但他是无罪的，他不会死。

男孩的父母找到法官，正在吃饭的法官并不相信他们，指着桌上盘里的鸡说，如果你们的儿子无罪，这两只鸡就会飞起来。

这时盘中的鸡忽然复活，长满羽毛，飞了起来，飞过了瞠目结舌的法官。

为纪念这个神迹，圣多明各教堂供奉着一对白色羽毛的公鸡和母鸡。据说每隔一段时间，就会换一对。

故事讲完不久，J大叔就要上路了。大巴车缓缓启动，越来越远。我开始习惯徒步路上的突然告别，即使不会再见到，也要潇洒地挥手转身。

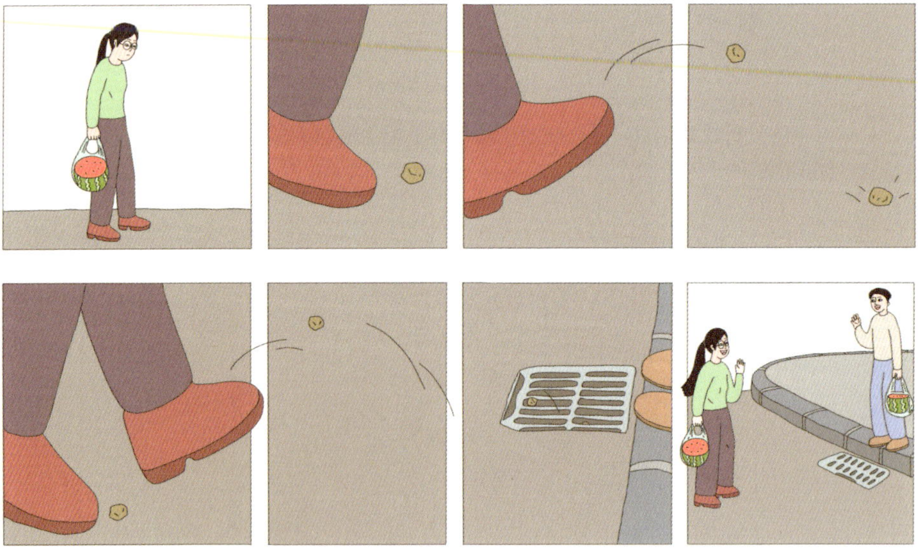

有点失落地拎着半个西瓜走回旅馆，眼前忽然出现了那个中国女孩X。
能在路上再次遇到想见的人，就像人生途中的久别重逢。

临睡前和X聊天到很晚，因为明天还要继续赶路，就和她约定到下一个小镇时早点见面。

DAY 11

一大杯冰茶

昨晚聊得太晚，起床的时候好难受。路上有种空荡荡的感觉，才意识到J大叔已经不在身边了。从这里开始离开拉里奥哈，准备进入小麦平原。一天索然无味的徒步。

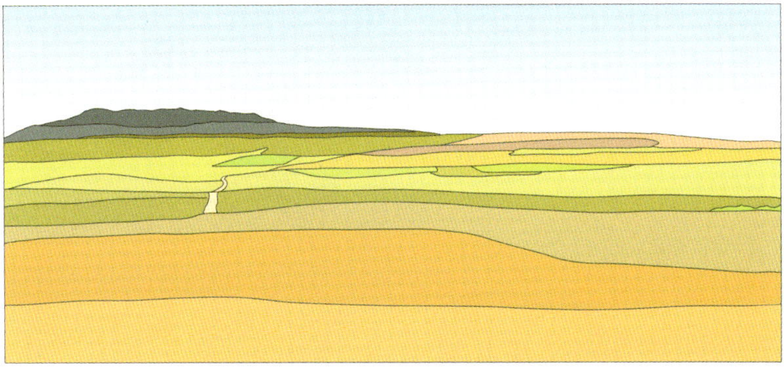

本想留宿在一家旅店，刚进屋就见人们向外逃，说这里有跳蚤。

一位老爷爷孤零零地躺在床上，我跑过去告诉他。他翻了个身说：“我不怕，让它们来吧。”

路上继续遇到一些新的朋友，但走路的节奏不一致，很快就纷纷道别了。

又走了很久，遇到了法国天主教徒老爷爷M，他是一名退休理发师，喜欢边走边用本子写下人生感悟，然后啧啧赞叹自己的才华。

和他走路的节奏倒是出奇地一致，于是结伴前行。

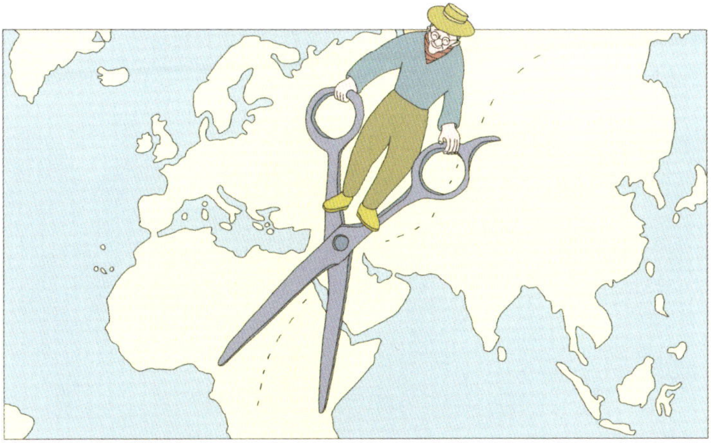

到了旅店，他开始絮叨他退休前光辉的职业生涯。年轻时，他从瑞士到了意大利，又到南非，之后去了西班牙，年老时再次回到法国，一辈子都在四处飘荡。

因为他请的冰茶，似乎有义务听完他的故事。失策，不应该要大杯。

他反问我为什么来走这条路。我讲了自己的故事，最后说：“为了做一个选择吧。”他说：“年轻时就选择安稳，这样的生活有什么意思？”我没说话。

我给X发旅馆位置，却在晚上才收到回复。她在半路下山时把脚扭伤了，现在已经被医护车送到医院，打算等好点就直接回英国，很遗憾没有办法继续走这条路了。

总以为还会再见的人，每次相见都有可能是最后一次，能做的只有珍惜。

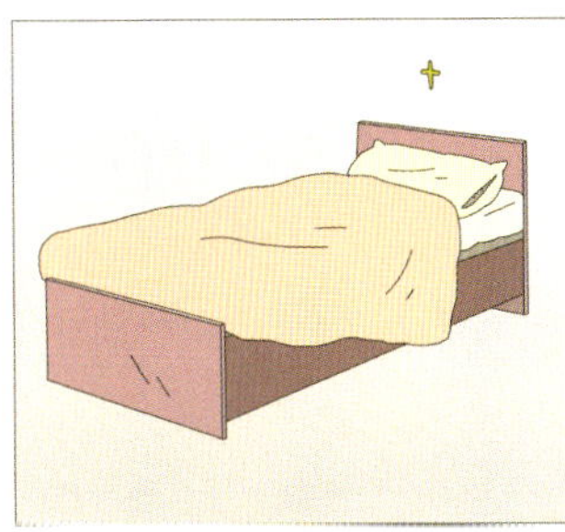

最近我每次醒来，一瞬间都会恍惚，不知道自己在哪儿，但我并不觉得有趣。小马过河，冷暖自知。

DAY 12

一瞬间的缘分

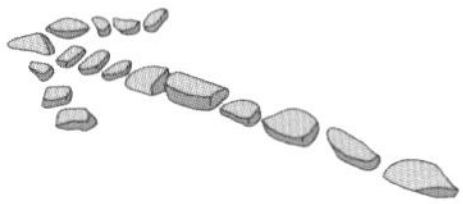

早上起来，M爷爷已经坐在餐桌边，又开始讲。我有点焦虑路上又要听他絮叨，于是偷偷先走一步。

早上的气温很舒适，心情也清爽，我走得飞快，像起了风一样。

那是一种从未有过的自由。一个人大声地歌唱，只有一个人。

进入了原始树林，有人说古时候这里面有野兽，也有山贼。

在树林里走了很久，忽然看到一个影子。那影子停住看向我，我微微向前，一瞬间，它跳走了。似乎是一只小鹿。

太阳渐渐升高，出树林后看到前面有一个很高的山坡，心想这要怎么翻过去。

但走到山下，眼前的山坡开始变得不那么艰难。也许是刚才所处的位置带来的视觉变形。

一边爬坡一边想，关于回国后的那些担忧，会不会也是偏颇视角带来的无意义焦虑呢？

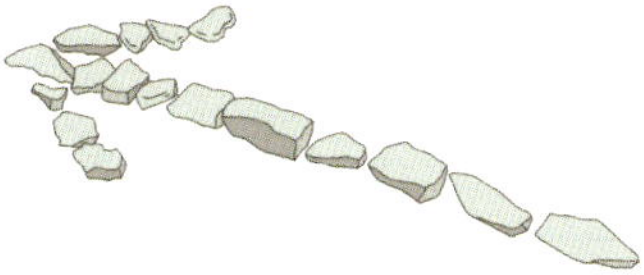

直到看到地上有人用石子摆出来的箭头，我才意识到，我还在这条路上。

徒步在高速公路边上，一段极其无聊的风景。我低头贴边缓慢前行，脑子里想着想不清楚的未来。这时忽然迎面连续五辆巨大的集装箱卡车经过。

他们不约而同打开了双闪，按着喇叭鸣笛。在西班牙，当地人只要见到徒步者，都会说一句“Buen Camino！”*。五辆大卡车发出阵阵齐鸣，好像在发出同样的信号。

* “Buen Camino”是一路上朝圣者见面和告别时最常用的词汇，表示“一路顺风”，也可以当作“Hello”和“Bye”使用。

在卡车疾驰而过的瞬间，我忽然看到司机们在狭小的车窗口，正向我挥手致意。

公路边那个背着行囊且渺小的我，和巨型卡车小玻璃车窗后面的司机们，有了一瞬间的缘分，多么美妙。伴随着巨大的轰鸣声，有些莫名的感动。

下午的小餐馆里，到处都是苍蝇，边吃边赶它们。刚吃完，又觉得饿了。

餐馆打烊，老板说在餐馆门口也可以收到无线信号。我打视频电话给爸爸，讲一天路上的奇遇，但他看起来似乎更担心我现在的生活。

“回家不好吗？”

“让我再想想。”

电话对面一声叹息，挂断了。

我很难过，站起来回头，看到了街对面正在向我走来的M爷爷，更难过了。

DAY 13

甩不掉

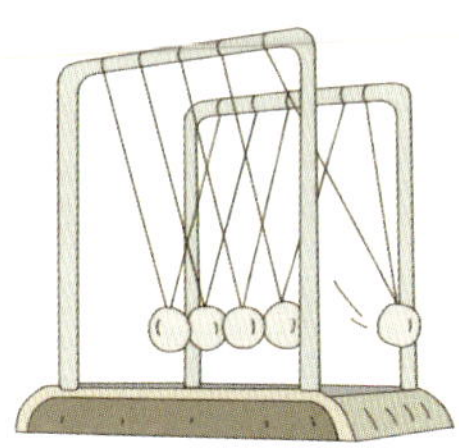

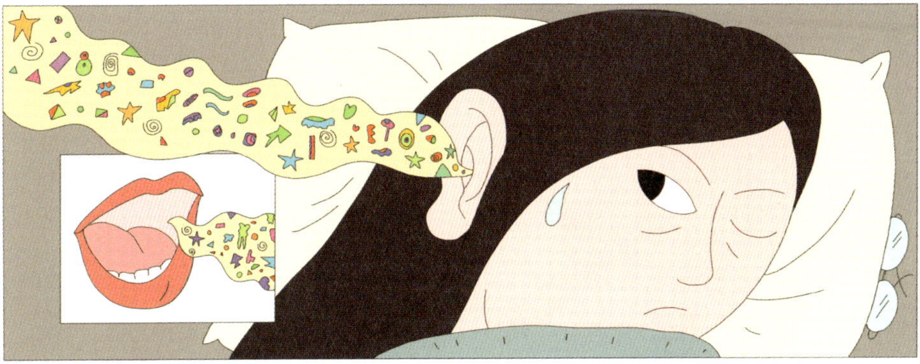

临睡前，上铺的M爷爷一直絮叨留在国外的好处，听得我脑壳又开始疼。夏天的庇护所没有风扇，后半夜每个小时都会热醒一次。

早上他看到我在收拾背包，也加快了速度，我们几乎同一时间走出了旅馆。一路上，我走得快，他也快，我走得慢，他也慢，怎么也甩不掉他。

他对我的人生提出各种指手画脚的建议，讲的都是国外的好。我有时很想对他大叫一声：“请不要再说了！”最后出于礼貌还是忍住了。

今天总会遇到一个穿得像乞丐的人，他负重很多，浑身脏兮兮的，常见他独自在路边做路标。

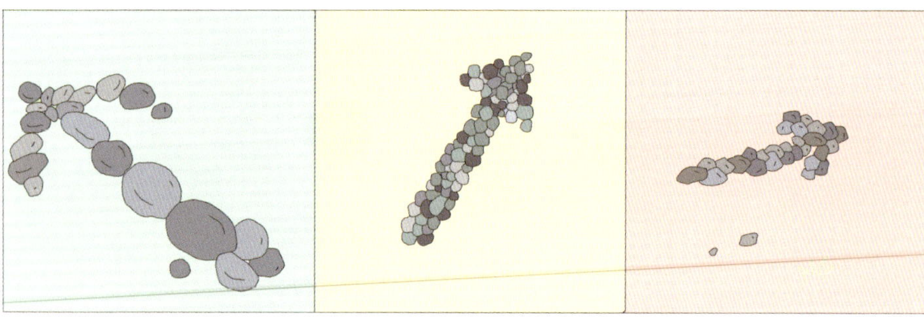

在朝圣路上，有些人会善意地为接下来的徒步者做路标，通常是把一些扁平的碎石头叠在一起。路上一切都不确定，至少有方向会让人心安。

一进入城市，我们就开始迷路。随着工厂越来越近，大自然消失了，多是人类创造的痕迹，阳光被遮盖，我找不到自己的影子了。

今天的目的地是布尔戈斯（Burgos），徒步路上重要的文化中心，我原计划住在这里，但M爷爷说他今天也要住这儿，我盘算着到了大教堂后继续赶路。

布尔戈斯圣玛利亚大教堂是路上最宏伟的建筑之一，据说从开工到建成，经历了六百多年，可惜满腹忧愁的我无心参观。

我们一起走进教堂，等他淹没在人群中后，我便转身离开。我也不知道为什么那么想逃离他，也许他站在“回国”选项的对立面，带来一种熟悉的焦灼感。

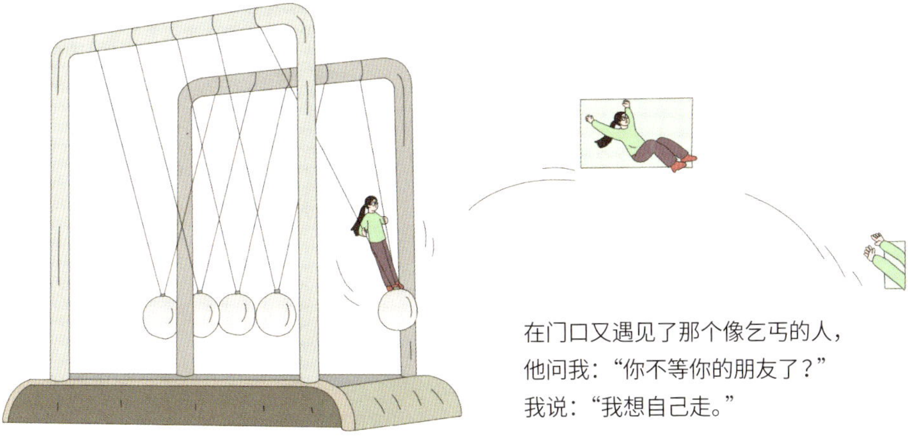

在门口又遇见了那个像乞丐的人，
他问我：“你不等你的朋友了？”
我说：“我想自己走。”

本以为走到下个村子就可以休息了，不知道是不是自己看错了标识，一个小时后，我迷失在一个废弃的工地旁。

走了很久，也看不到路标，有些心慌，盼着遇到人打听一下路。
回头看，发现有一个黑影正在向我快速靠近。

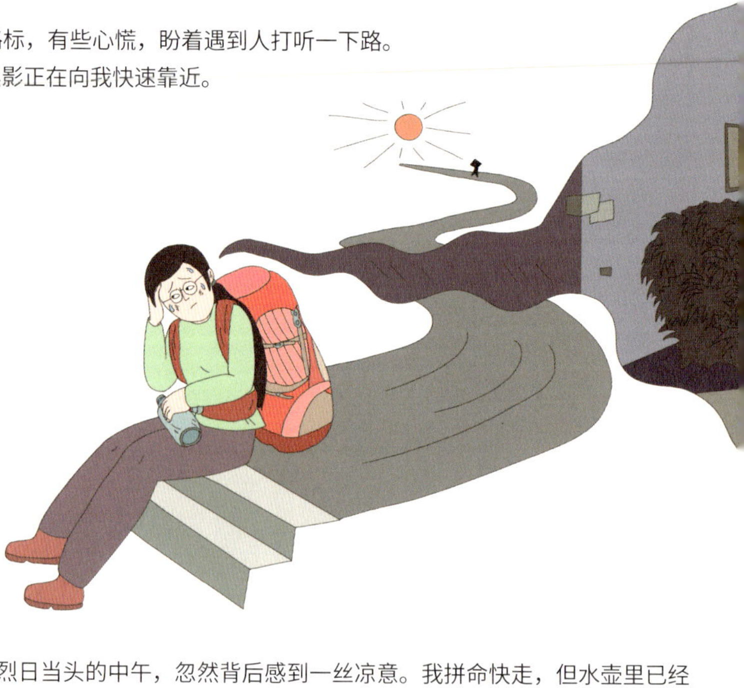

烈日当头的中午，忽然背后感到一丝凉意。我拼命快走，但水壶里已经没有水了，最后累得只好坐在原地喘气，任凭那个黑影离我越来越近。

我想起那年在法国遇到的一次跟踪，一个冬天的夜晚，我被一个男人尾随恐吓。

现在想起来，仍然心有余悸。我后来能够理解，当人在极度恐惧的时候，与压抑的愤怒相似，是发不出声音的。

当这个黑影真正出现在我眼前时，是一个很具体的人。只是确实他打扮得古怪了一些。

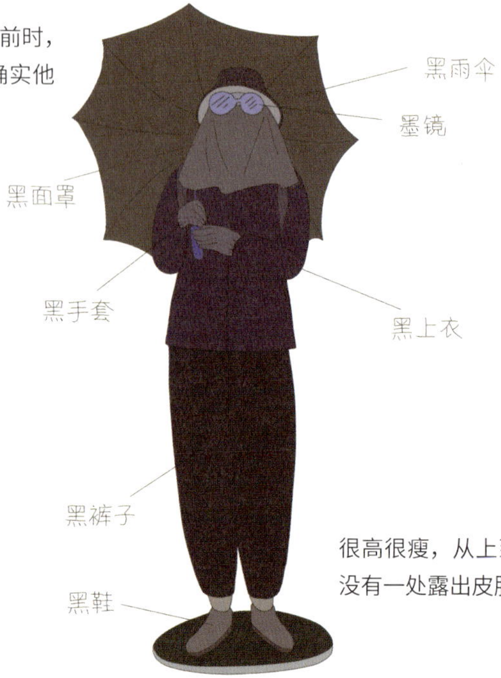

很高很瘦，从上到下都穿黑色，没有一处露出皮肤，也不说话。

当他发现我没有水时，就把自己瓶子里三分之二的水都倒给了我，然后就转身离开了。在这样炎热的天气，谁都不知道下次遇到水源是什么时候。

走到小旅馆后，饭都没吃完，我就爬到床上，瞬间睡了过去。这几天太累了。

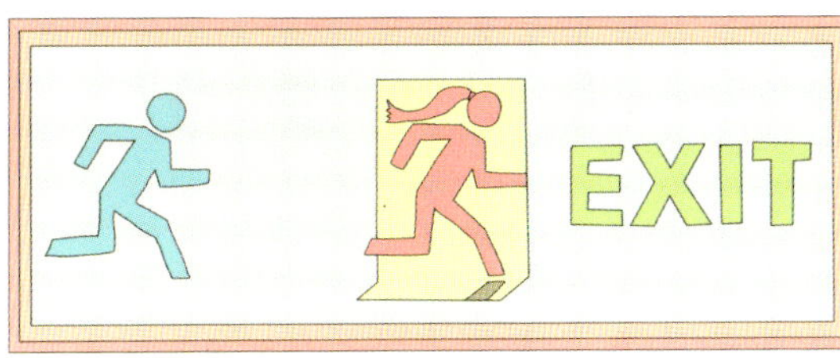

但仍然很高兴甩开了M爷爷。

DAY 14

最后的床位

今天正式进入卡斯蒂利亚（Castilla）大平原，据说风景特别无聊。果然跋涉了一整天，风景都一般。

中途在一家小酒馆休息，我和一个西班牙女孩互看对方的地图册，发现不同年份出版的地图册，即使是同一家出版社，同一段路，标注的里程数字差别都很大。

每次走不到目的地时，我都很想骂这个地图册。但最后即使扔掉了所有书，这本地图也没法割舍。它虽然薄薄几页，但每段路上有哪些庇护所，及其电话、网站、床铺数量、配套设施都标注得很清楚。

点可乐时，和服务员讲不明白。一个西班牙人忽然跑来，一字一顿教我讲这句话的西班牙语。

他负责任地看到我成功地用这句话得到一罐可乐后，才放心离开。

路上遇到一对法国老夫妇。他们每天先开车到目的地，然后徒步折返回上一个村子，再徒步走回目的地，寻找旅馆。在外人看来费尽周折的徒步方式，他们好像乐在其中。

到了村子，我还在到处瞎晃悠，直到有一个老伯伯来提醒我。

我忙跑去问旅社老板，果然只剩下一张床位。

等我出门晾衣服时，
看到一个韩国人，
正在沮丧地打电话。

由于不会西班牙语，也不确定自己每天会走到哪里，因此没办法打电话预订床位，只好边走边找住的地方。夏季徒步路上，公立和私立的旅馆床位都很稀缺，七八月更甚。先到先得，拼走路速度和运气。

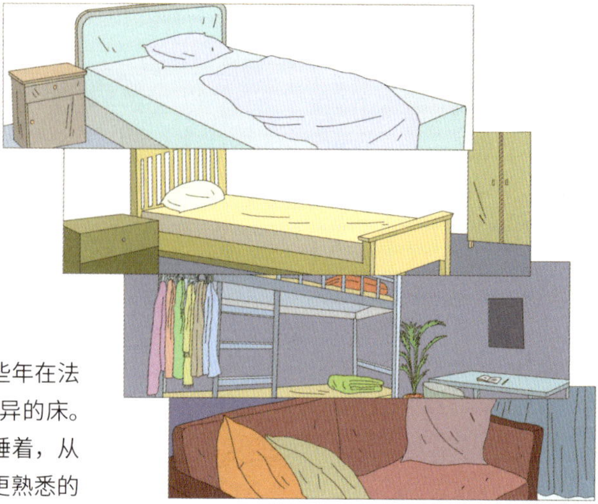

躺在这张最后的床上，我想起这些年在法国住过的许多大大小小、软硬各异的床。庆幸自己的睡眠不错，粘枕头就睡着，从不挑地儿，但还是会在梦里回到更熟悉的地方。

当时住在老师家，有一次梦见回到了小时候的家，梦中哭醒。

留学这些年，除了睡觉，吃饭也很不习惯，有时三天吃不到米饭。即使半夜才到家，只要焖一锅米饭，闻着饭香，就能安心睡着。

离开瓦朗斯前，没有来得及和中国超市的店主老爷爷道别，要不是那些年的泰国大米和老干妈，这日子可怎么过。

旅馆里有一对韩国母子，母亲给儿子煮了一锅酱汤，还有米饭，我想再加上一罐韩国泡菜，那场景就像是在韩国饭店里。我躺在床上都能闻到他们的饭香。

DAY 15

喝醉

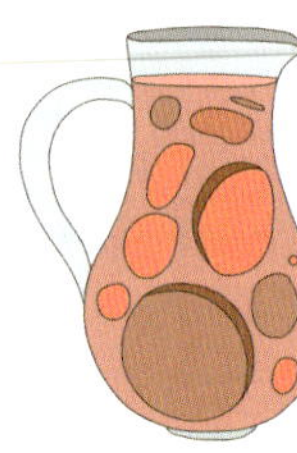

早起爬一座小山，太阳像一颗溏心的蛋，裹着路上的人，慢慢升起。

路上遇到一个女孩。有时我走得快，有时她超过我。在每一个驿站休息时，会看到对方从自己面前经过。我们如照镜子般，默默较劲儿走了很远。

直到中午经过一个小镇，她停下来，在远处向我挥手微笑，看来她今天要住在这里，这场无声的比赛就这样结束了。

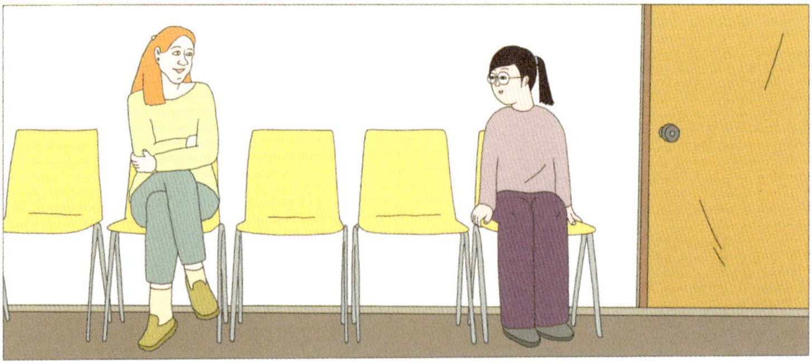

上学时，班里有个法国女孩C，我和她第一次见面是考学的复试。等待区只有我和她，同样的紧张，同样的害羞和同样的对对方的好奇。

秋季，我和她都考入了学校，渐渐成了最好的朋友。她每次紧张时都会啃指甲，喝多时会换一种人格。有了新的创作想法，我们都迫不及待地先与对方分享。一起哭过，笑过，醉过。

想到未来如果选择回国，和她分别，心中不免生出伤感。

中午在一家酒吧点了土豆蛋饼，看到一大扎“酸梅汤”，也点了一份。后来才知道这是桑格利亚（Sangria），一种加了果汁的红酒。

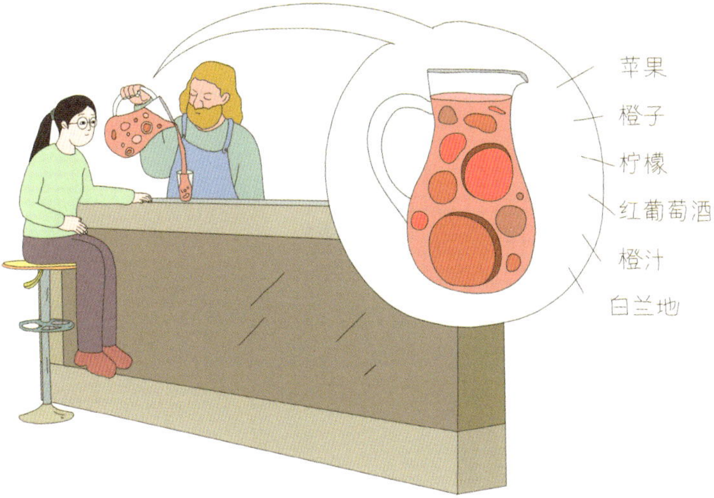

出了酒吧就开始头晕，路上有人特意下车，问我需不需要帮助，我强撑着说没事。

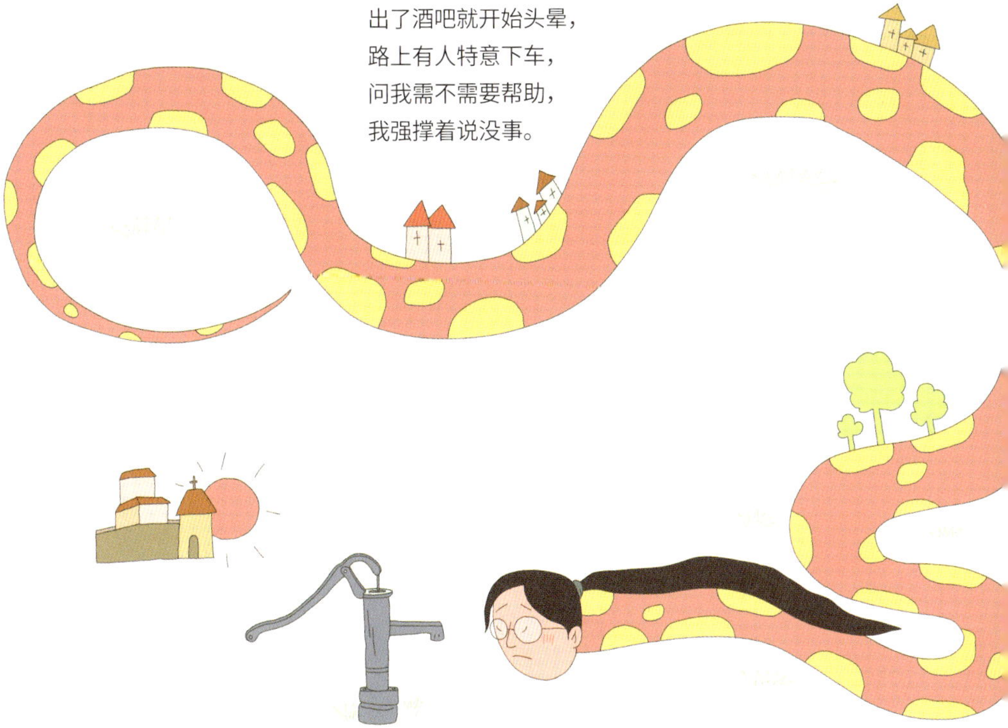

我满脸通红，头晕目眩继续前行，日晒让我更加头重脚轻。穿过了三个村落，喝光了身上所有的水，渐渐地我感觉不到我的脚。最后在一座废弃的教堂前，发现有一个压水井，但压了半天，竟然一滴水都没有。又累又渴又难受，加上正值生理期，我在井边睡着了。

不知过了多久，听到了汽车声，迷迷糊糊站起来，扒开密密的稻草，随着声音往前走。总算看到了公路，找到了水，大口地灌醒自己，鼓起勇气，继续前行，又看到房屋和徒步的标志。

终于到了庇护所，迎面走过来一个女孩。觉得很面熟，但又想不起来在哪儿见过。

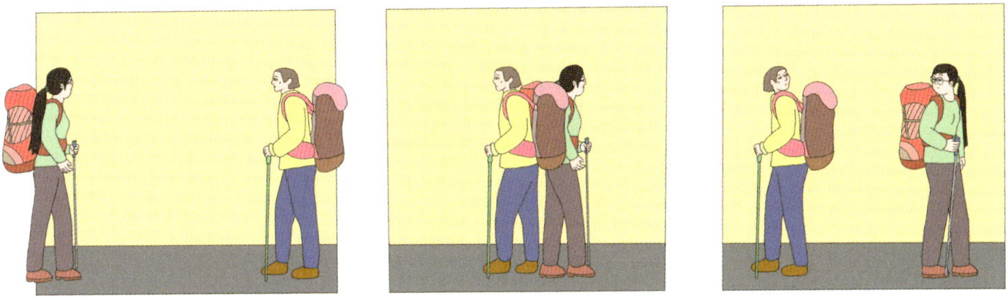

我问她是否今晚也住在这里，女孩说今天是她的徒步终点，马上要和朋友们回意大利了。

我看着她，不知道为什么，忽然觉得很熟悉，她好像也有话想说。但最后我们就这样呆呆地看着，站着，很久。

门外大巴车鸣笛，她上前拥抱我，随后微笑，倒着走出了门，消失在门外明亮的光中。

室内的光线很暗，她背后透着室外强烈刺眼的阳光，我看着她的身影融化进光里，像做梦一样。直到现在我都想不起来她是谁，只记得那时候心里升起了一种说不清楚的忧伤。
这一路总在不断地相遇和分别，人生似乎也是这样，不断地说你好，然后无论是否愿意，到了某个时间点，就要说再见。

晚上我梦见了外婆，她站在我旁边，笑盈盈，眉目慈祥。她牵起我的手，我们飞了起来，脚下是群山峻岭，风在耳边呼呼吹过。飞了一会儿，我们落在一座山上，她向我笑了笑，独自飞远了。

DAY 16

后院的眼泪

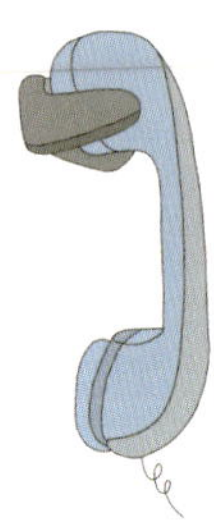

早上醒来回忆着昨晚的梦，心里好像有什么东西轻了一点。

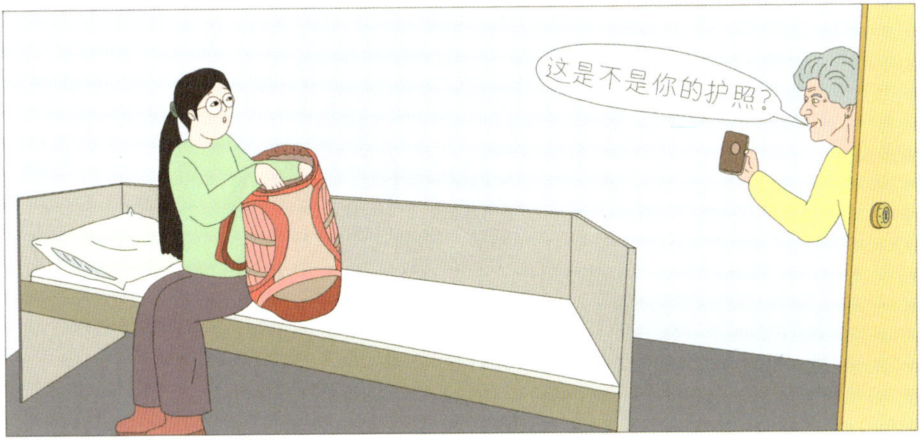

昨天到庇护所时，酒劲儿应该还没下去，登记完把护照落在前台就去睡觉了。

这位老奶奶是这个庇护所的看守者，去年和前年她徒步两次走完了全程，今年她选择留在这里做志愿者。

迈出大门时，天空含混着淡黄和淡紫色的朦胧，早起的行走，已经没有了之前黑夜穿行的紧张和焦虑。

我模仿其他徒步者，把沉重的水壶扔掉，换成大塑料矿泉水瓶，确实轻便很多。有的徒步者在背包上挂很多夹子，上面夹着没干的衣物，一天走下来，如行走的晾衣架，衣物们很快就干了。

人生如行囊，有太多不想放下的，很难继续前行。

食物也不用带很多，路上的补给车和咖啡店不少，光是村民自发为徒步者准备的食物都吃不完。现在深深地体会到了“化缘”的感恩和满足。

路上遇到一对七十岁的西班牙老夫妇，他们说彼此就是在这条路上相识的。这次重走是来庆祝他们的结婚纪念日，也是他们人生的最后一次冒险。

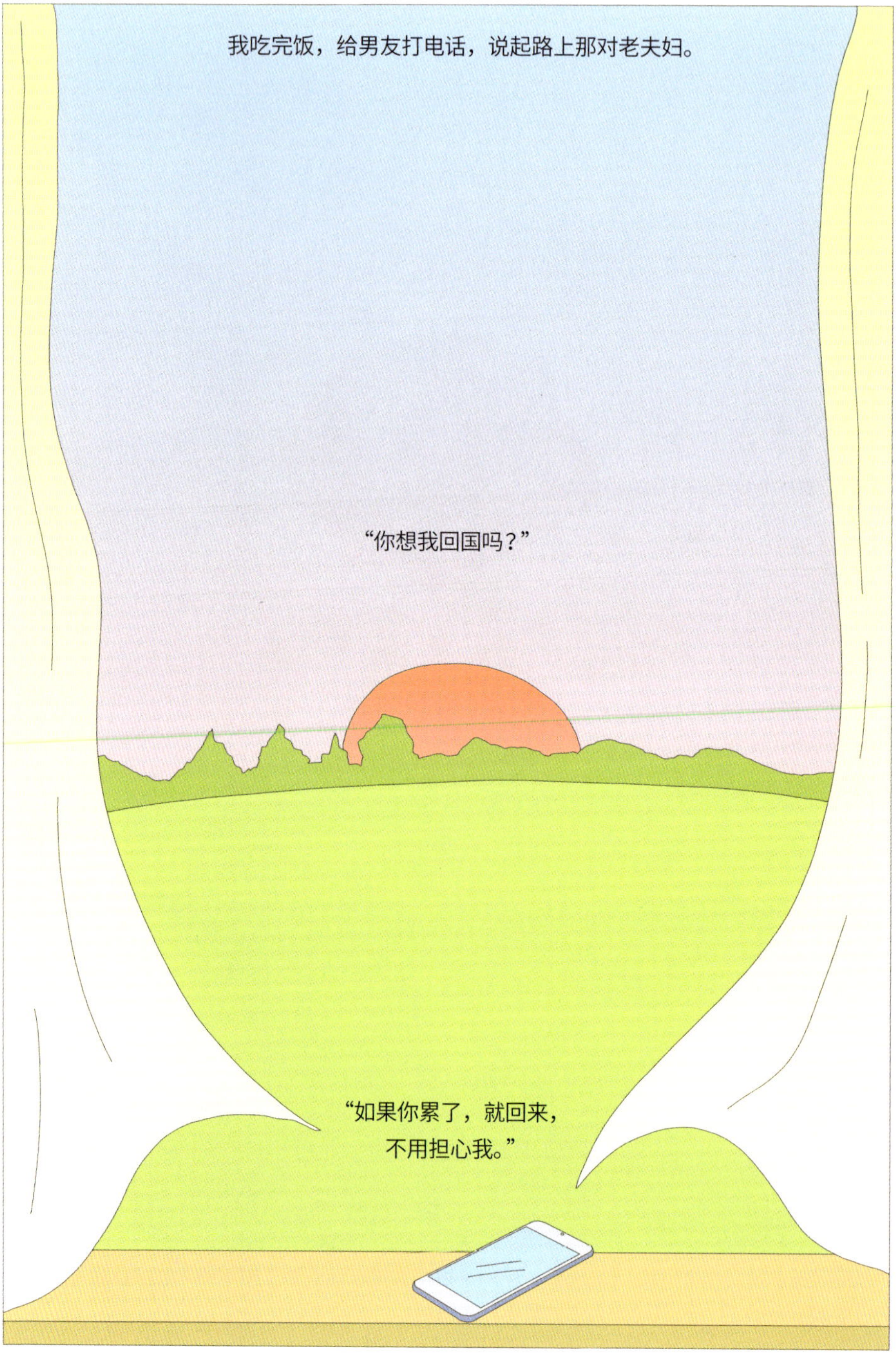
我吃完饭，给男友打电话，说起路上那对老夫妇。
“你想我回国吗？”
“如果你累了，就回来，
不用担心我。”

当年登机前，由于手机卡提前换成法国的，我没办法给他打电话告别。在候机大厅，我发现了一分钟免费通话亭，在那短暂又漫长的一分钟里，我们说了许多遍“保重”和“我爱你”，还有长久的沉默伴随着眼泪。

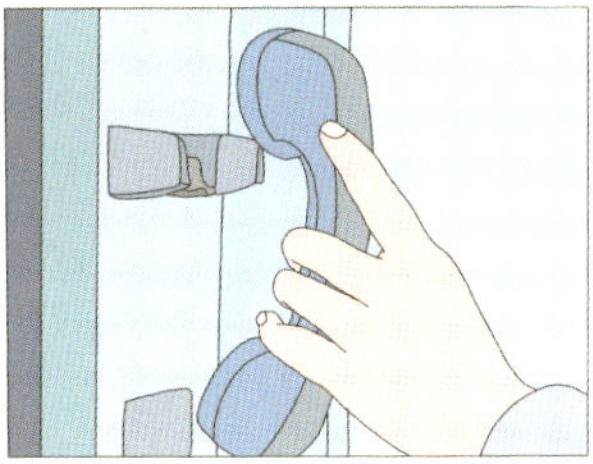

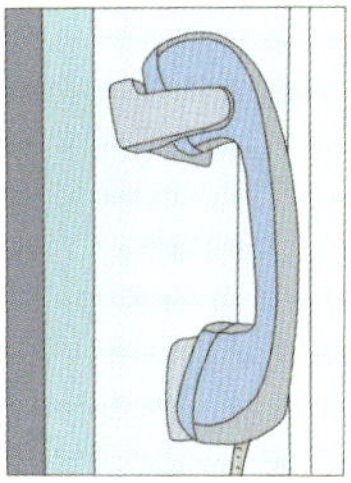

这段感情是否能抵住未来异地所带来的变数，我们都不知道。这些年他刻意的理解，让我心安理得地不去面对天各一方。

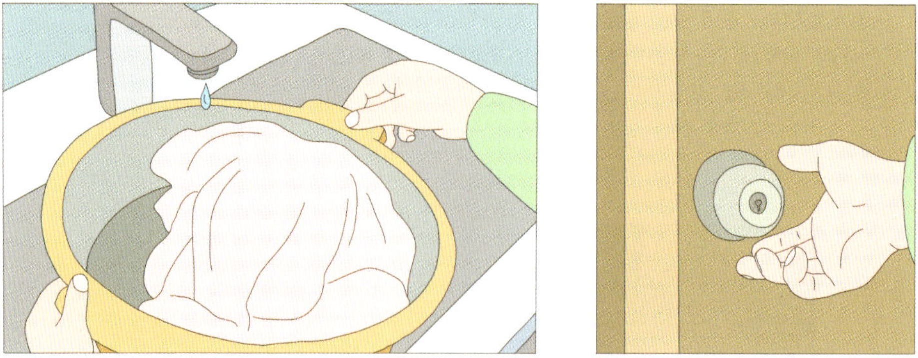

洗完衣服，拿去后院晾晒。拉开后院门的一瞬，听见门后有一阵抽泣声。

我停在门口，任凭门缝吹进来的风，微微地吹着潮湿的衣服。

那哭声渐弱。

等她走远，我抱着衣服再次推开后门，走进那个刚刚噙满泪水的院子。

DAY 17

心碎的声音

早起爬过几个小坡后，看到了一大片向日葵，它们都朝着太阳的方向，斗志昂扬。

每当彷徨在一个岔路口时，回头就会发现身后有一群老爷爷，齐刷刷无声地指向同一个方向。

他们只要看到背着行囊，上面挂着贝壳的徒步者，就知道你要去哪里。

可能是之前走得太狠了，右脚受伤的地方，连同小腿肌肉一起疼痛难忍。教堂的大门还没开，我歪靠在长椅上，一下子就睡过去了。直到有人把我摇醒，说可以进去了。

这里的庇护所，自愿投币，工作人员像天使，眼神温和，笑容慈祥，据说还有免费晚餐供应。

刚刚准备休息，一个穿红色短T恤的男人，像花蝴蝶般和每个人都亲切握手，不断重复着自己的名字。

教堂有个小房间，里面有许多人留下来的药品。我赶紧包扎了脚上的伤口，这些水泡中，有一个已经在泡里又生出了新的泡。

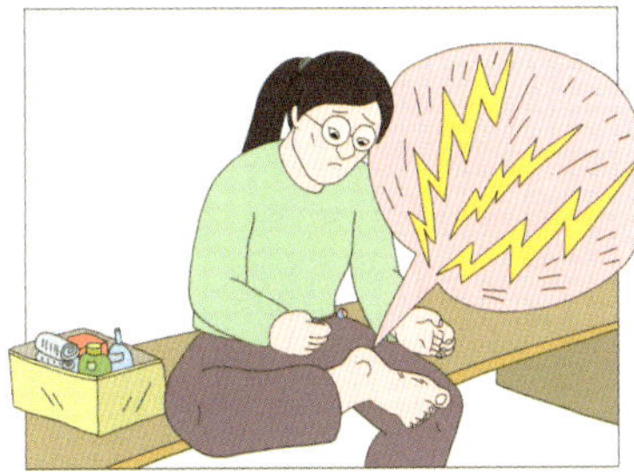

今晚住进来的人分为了四组：一群意大利人，一群西班牙人，一个斯洛文尼亚人，以及我一个中国人。

晚餐前，教堂工作人员让大家集体到一个小房间做祷告，每人选择一种语言的祷告文，坐着围成一个圈。

一位很可爱的意大利老奶奶，轻轻坐在了我旁边，她是和她的丈夫一起来走这条路的。

每个人开始念祷告文，一人一句，房间里充斥着各种各样起伏不定软硬不均的声音。祷告结束，工作人员说，现在大家可以用自己的母语，说一说为什么要走这条路。

蜡烛点亮，随着每个人开始讲述自己的故事，蜡烛开始传递。当沉甸甸的蜡烛传到我手里时，忽然对自己即将说出的话，生出了几分慎重。

我用中文讲着自己的故事，现场大概没有人能听得懂。我像漂流在外太空，对着茫茫宇宙发出自己微弱的信号。

当我说完，睁开眼抬起头，发现所有人都在认真且微笑地看着我。在这样的全情倾诉和真诚聆听中，声音的能量可以穿透语言的屏障，这条路更像是通往自己内心的路。

我把手里的蜡烛传给旁边的意大利老奶奶。她手捧着蜡烛，小声轻柔地说着她的故事。说着说着，她声音忽然哽咽了，眼泪缓缓地流下来。

她的丈夫小心地接过那支蜡烛，一只手拉住老奶奶的手，另一只手捧着那支蜡烛，两个人就那样静静地坐着，沉默。

我虽然听不懂她的语言，但我想他们一定经历了很悲伤的事，那一刻安静的房间里，我能听见心碎的声音。

开始准备晚餐了，所有人一起做饭。

教堂的工作人员准备了蔬菜汤。有人负责做沙拉，有人负责摆盘子，有人负责盛汤，我负责切面包，那个叫P的红T恤男人，买了两个大西瓜，请大家一起吃。

教堂的晚餐是用土豆青豆香肠蔬菜煮在一起的汤，吃起来味道怪怪的。

后来找到这样的两个人，成了我路上的任务之一。凡是住过的旅店，我都翻阅留言簿，从来没有发现中文的痕迹。

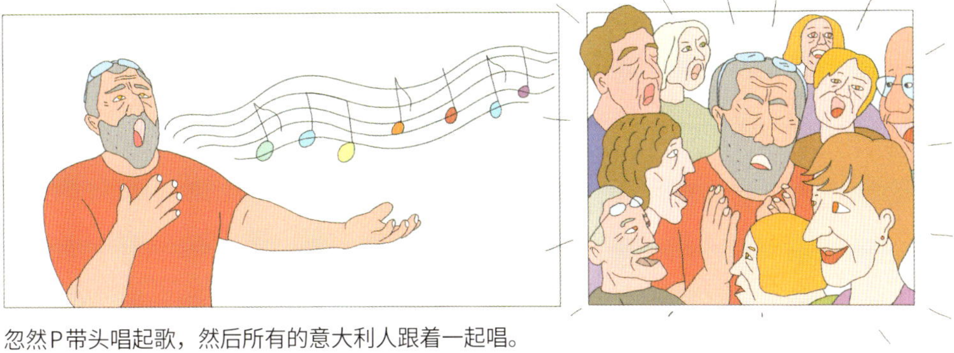

忽然P带头唱起歌，然后所有的意大利人跟着一起唱。

刚停下来，一个西班牙的大姐开始唱起西班牙歌曲，于是所有西班牙人也开始唱。

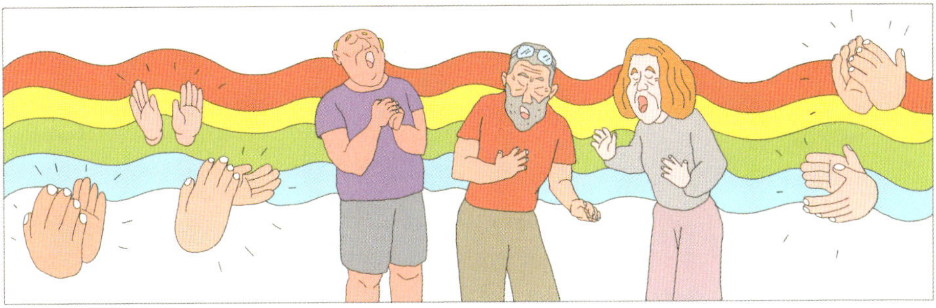

就这样，集体赛歌开始，一首接着一首。有些羞涩的老人也跟着站起来，大声歌唱。

吃完饭，教堂负责人喊道，女人们出去玩吧，男人们留下洗碗！

女人们欢快地一哄而散，留下大叔大爷们，边抱怨，边在厨房里叮叮当当地收拾。

黄昏，野猫趴在土色的墙头，大家走到教堂旁的田野看日落，大大小小的鸟儿在空中盘旋着。忽然起了很大的风，云朵铺散得到处都是。远处的树木渐渐变成了暗影。很久之后，有人打了个大大的哈欠说："我们去睡觉吧。"

所有人相继回了教堂，互相道了晚安。

DAY 18

飞鹰

早起，找了一家咖啡馆。四欧包括鲜榨橙汁和两块涂有新鲜番茄酱和橄榄油的烤法棍。这里的橙子吸饱了阳光的爱意，味道好极了。

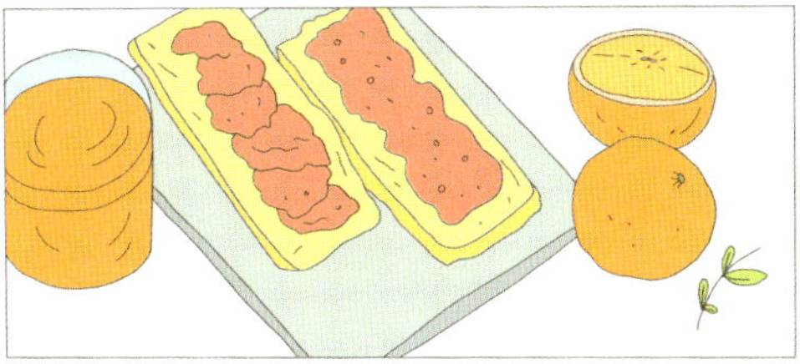

餐馆老板说起附近小镇萨阿贡（Sahagún）的传说：

12世纪，国王在此征税，镇压叛乱。村民交不够钱粮，国王就要赶尽杀绝。

最后幸存的村民逃至附近的荒野，士兵趁夜围剿，村民全部罹难。

几百年后，现在每当有人经过这里，如果刚好有风吹过，就会听到呜呜的声音。当地人认为这是当时村民的求救信号。

十几天的徒步，身体开始慢慢适应这个节奏。最远要打算的事，就是今晚要住在哪里和吃什么。走路，洗澡，吃饱，一头栽倒睡着，满血复活醒来，继续走路。日出而走，日落而息。对过去的执念和对未来的焦虑，在略带禅意的行走间，开始溶解，汇聚到眼前的每一步里。

爬上一个小山坡，右手边是很高的灌木丛，左手边是没有遮挡的斜坡，整条道路狭窄且陡峭。

听见灌木丛中有重重的喘息声，好像随时会扑过来什么东西。

我蹭过那个小坡，用最快的速度跑向了树林深处，不敢回头看有没有什么东西追上我。后来听其他徒步者说，路上还是偶尔会有野兽出没。

临近中午时，似乎又走错了路口，遇到了一个牧羊人。我向他比划着问路，他不急不慌地在我本子上画图，示意我怎样快速到达下一个小城。

看我还是不太明白，他就带着羊群和狗陪我走了一段路。直到又看到路标，他才放心。

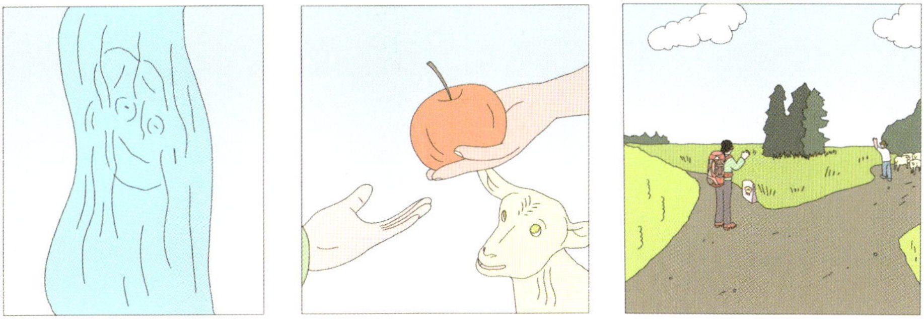

道别前他灌满我的水壶，塞给我一个大苹果。

啃着牧羊人给的苹果，抬头看见一只老鹰在空中盘旋。早上出发时，就看见天上有一只鹰，不会还是那只吧？

曾经和老师聊天，她说一次冥想时，看到她的保护神是飞鹰。

出于好奇，我也试着冥想，但始终看到的都是白茫茫一片。大概我的保护神和我一样害羞吧。

住在他们家的那段日子，每个周末都去爬山。

那年，他们带我领略了大山里的四季美景。一次徒步时，他们给我讲起朝圣之路。我想就是那一刻，这条路像一颗种子留在了我心里。

不知道老师的苹果树是否已经长高了一点。

DAY 19

西瓜与哈密瓜

一路都是平淡的风景，偶遇一位健步如飞的法国大爷，他说这是自己第十次走这条路，路上所有的标识都记得清清楚楚。

他说马上到达的是西班牙古都之一——莱昂（León），拥有两千多年的历史。这个莱昂与法国的里昂（Lyon），除名字相近外，还有一个共同点，都是“狮子城”。所以莱昂城中随处可见狮子雕塑。

莱昂的最大特色是大教堂里有一千八百平方米的彩色玻璃，据说被誉为世界上最精美的窗户之一。

还有高迪的作品。因为不想提前被剧透，没有和他聊太多，看到他开始喝水就跑开了。

莱昂修道院的门口遇到了一个日本男孩，这个人看着眼熟，大概我在徒步前期遇到过。眼神中都能理解对方已经走过多远多难的路。

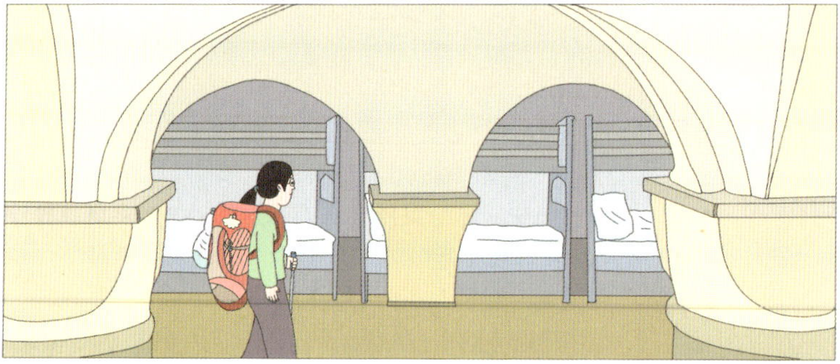

这个庇护所是男女分开的，房间是半地下的，很幽暗，到达时已经错过了修道院的午餐。

市中心很热闹，每当这时，我更加怀念那一望无际的麦田和天空盘旋的小鸟。

逛了一圈，在一条窄窄的街上发现一家小吃店，店主是一对白发苍苍的老夫妻，老爷爷负责点菜，老奶奶负责后厨做饭。

我点了炸鱿鱼圈和章鱼脚。鱿鱼圈肥厚且甜，不油腻；章鱼脚撒上了大粒的海盐，软硬刚好。

正好是星期六，市中心有蔬菜集市，还有旧货市场。但现在什么也不敢再往背包里添了，转了一圈，买了药和半个西瓜就往回走了。

回到庇护所，日本男孩也刚回来，他买了哈密瓜，我们便共享了对方的水果。

聊天中，他说自己是被奶奶抚养长大。但老人一辈子没离开过故乡。他每次都会带好看的风景照片和纪念品回家，想让奶奶看到外面的世界。

他在旧货市场淘到一个手串，十几颗圆滚的黄色木质珠子，很适合他的肤色。

男孩说人生如这些珠子，一些重大的事情，上学、工作、结婚、离别，就是这一颗颗珠子，而日常的生活就是每颗珠子之间的空隙，看似无聊但有必要，无法错过任何一段，也不可能重复任何一段，需要的是走好每一段。

如果我们是祖先生命的延续，是不是去到更大的世界，才是他们的夙愿？梦里那个带着我在空中飞翔的外婆，是不是也这么想？

我现在是夹在两颗珠子之间的状态么？

DAY 20

上路的理由

走着有点饿，遇到了一位老爷爷，他如同给小鸟喂食般，在自家门口免费送零食给过路的徒步者。

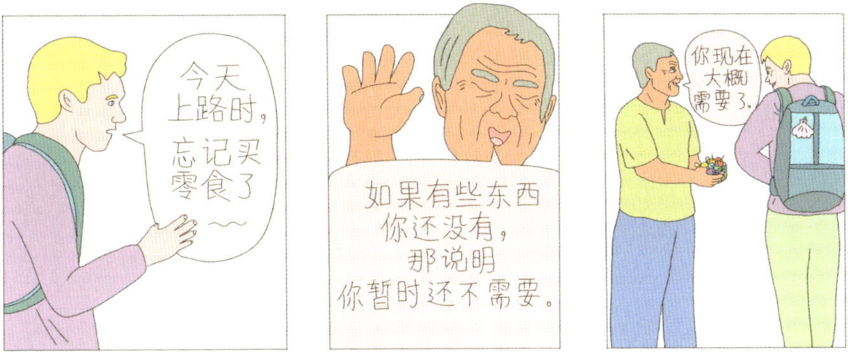

说完，塞给他一把糖果。

每个人都是带着自己内心的执着，踏上了这条神奇的道路吧。

最近的脚伤和腿疼越来越严重了，临近中午我便停了下来。

这是一家有着花园的小旅店，三面墙边种满玫瑰花，开得十分繁盛，篱笆的另一边养了一雌一雄两只孔雀和一群野鸡。

吃饭时，我见到一个女孩在自动售货机买三明治，仔细看才发现，好像是前几天在后院独自哭泣的那个女孩。

吃完饭到院子里休息，雄孔雀开了三次屏，雌孔雀视而不见，一直在跟野鸡抢吃的。

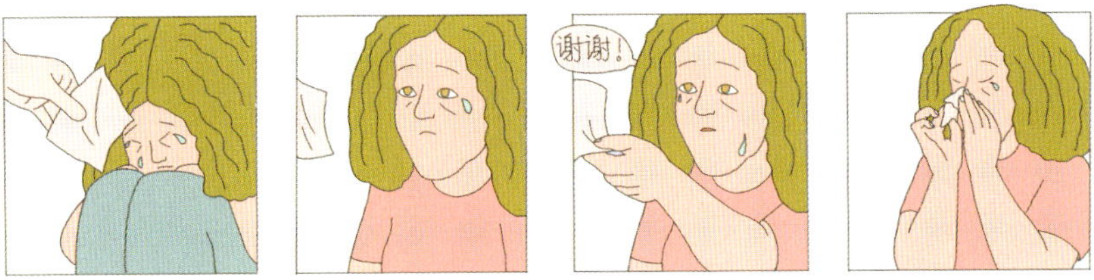

我看到那女孩坐在角落，好像还在哭。院子另一边的秋千上坐着一个大男孩。

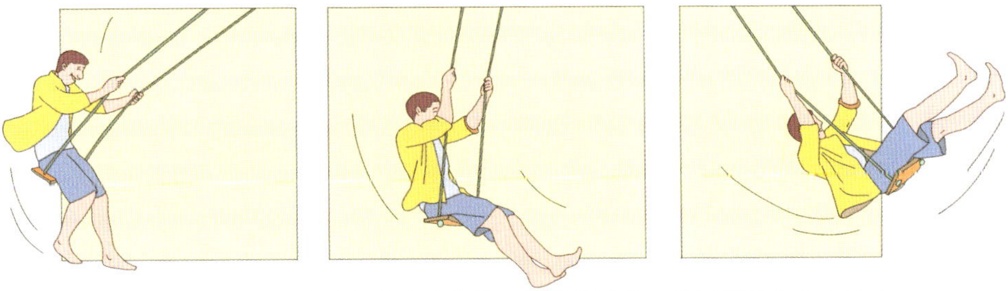

他叫D，来自美国，休学半年来走这条路。他说想要做一件以后说出去会让自己觉得了不起的事情。目的简单，笑容轻松。

天色暗下来，凉风阵阵，还有被吹过来的牛粪味道。院子里只有我们三个人，很安静。

朝圣路上大多是独行，许多人都是借这条路的长度去思考人生，或仅为了锻炼身体，或完成年轻时的念想。也许还有其他原因，可说的和不可说的。每个带着伤口的人，都等待被治愈。

刚开始上路时，我常会问别人走这条路的原因。随着越走越久，就很少问了。决定做一件事情，也许有原因，也许没有，也许自己也说不清楚。

它只是一段经历，慢慢糅合缝补进你心里，修复过去的你，转化成未来的你。

除了D和哭泣女孩，临睡前又来了一个胖胖的黑衣服女孩。

DAY 21

三明治和海鲜饭

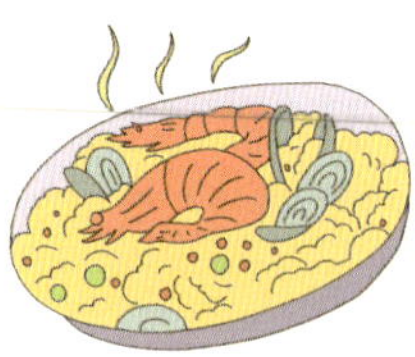

早晨临走前，旅店老板娘给了我一个亲切的拥抱。在这条路上，总会获得突如其来的善意力量。

昨晚临时住进来的那个黑衣女孩，后来聊天才发现，她是我徒步第二天在民宿朝我打招呼的人。昨晚没说话的我们，今天聊了半路。

她叫E，法国人，曾经是公务员，从小到大都遵循父母对她的规划。半年前她突然辞职，父母大为恼火。

而她的心理咨询师鼓励她“叛逆”。她说，人生很快，很短，要做自己喜欢的事；人生也很慢，很长，所以更要做自己喜欢的事。这次徒步她没有任何计划，走一个月，更久，甚至明天就打道回府都有可能，主要是自己做主。

我说，我不知道回国后，如果没有更好的创作环境，后悔了怎么办。

她想了想告诉我，回国不是牺牲，留在国外也不是逃避。
先试试看任何一个可能性，也许没有你担忧的那么糟糕。

我们就这样，走走停停，说说笑笑。最后在长椅上，吃完两个自制的三明治，然后拥抱道别，分别后再未见。

中午到达了很干净的小城阿斯托尔加（Astorga），有高迪的作品，一座乐高玩具一样的城堡。

从这里开始就渐渐进入西班牙的加利西亚。绿色、凉爽和海鲜将成为每日的关键词。这个城市是整条路的中转站，许多人从这里启程，也有很多人在这里结束旅行。

到了旅店的公共厨房，一位西班牙老奶奶正在为全家人做海鲜饭，整个厨房都飘满了香味。我像是误入了一个西班牙人的家庭聚餐，他们看起来都那么健康，脸上洋溢着幸福的光。

她给我也盛了一碗，满满的红色大虾和厚实的蛤蜊，每粒米饭吸饱了香浓的汤汁。入口就像日光荡漾在海面上，柔软舒展。

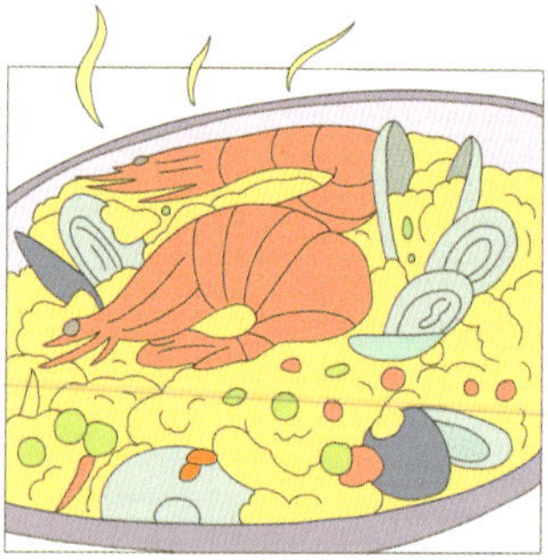

大多数公立庇护所的上铺床两边没有护栏。为了不让自己一翻身就脸着地，我半夜会时不时醒来。房间里飘满了呼噜和梦话。鼾声震动，连床架都在共振。

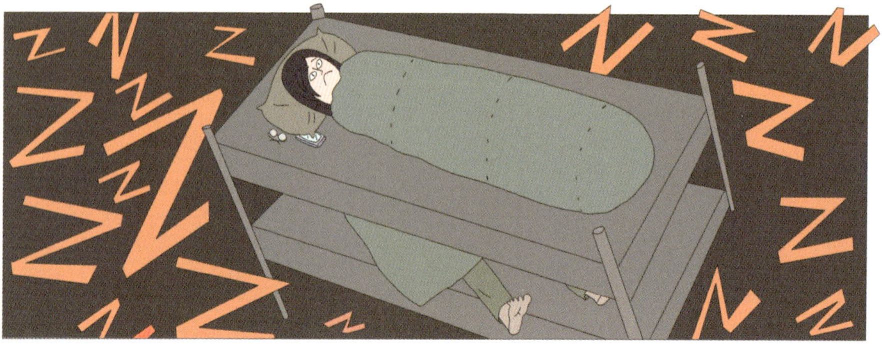

有的人实在受不了，跑到楼道里打地铺。我闭上眼睛，强迫自己赶紧睡去。

忘记是第几次被下铺的鼾声惊醒，想起上午做自己的法国女孩E，和下午分享海鲜饭的家庭聚会，两种力量拉扯着我的心。

DAY 22

比 赛

清晨，旁边的教堂传来空灵的歌声，那飘忽的音符慢慢将天空上的云拨开，有彩色的光渐渐显现出来。

工人们开始从卡车上卸货，小城一天的生活就这样开始了。

独自走在一条窄窄的土路上，我和一位白发苍苍的老人擦肩而过。一句简单的问候，润滑着每座陌生孤岛间的罅隙。

旅店是一个安静的小院，到处都是大大小小漂亮的花儿，老板笑得也像花儿一样，每当有人赞扬他的院子，他都害羞得扶一扶眼镜，拿着小水壶，躲到一边浇他的小花儿们。

吃完饭，洗完衣服，我躺在摇椅上准备享受安静的下午时光。
忽然门开了，一群青少年，二十多人，像是一个夏令营的。

青春期里的孩子们，四处打打闹闹，地上熟睡的小狗被吓醒，躲在角落瑟瑟发抖。

晚上十点，徒步者们准备洗漱睡觉，整个大房间里孩子们占了一大半的床铺。他们似乎不接受早睡，无休止地打闹，间歇性地喊叫。

领队老师没有过来劝阻，但其他的徒步者受不了，站出来主持正义。小孩的叛逆情绪如拔开塞子的浓酒，变本加厉喷涌般肆意尖叫。双方都想把彼此压制住，结果噪音更大了。

我把耳机音量调到最高。

但来自心里最深处的噪音，再好的耳机也挡不住。

刚毕业时有一个比赛，我和班里同学们都参与了。当时的我已经得到了其中一个短片项目的机会。在第二个项目复赛时，竞争者只剩下一个男生和我，还有好友C。

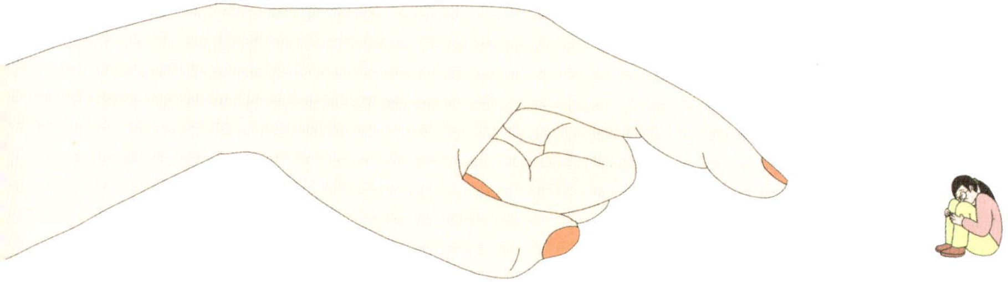

在法国虽然机会很多，但大家毕业后，都想尽快找到可以施展自己才华的工作。由于我那时已经有了一个项目，于是有法国同学站出来主持“公道”。

男生选择了退赛，建议我也这样做，这样就可以把机会让给好友C。很长时间里我感到很迷茫，也很愧疚。

直到C打电话和我说：“请你好好准备，拿出最好的状态，不要担心。”

最终我得到了第二个项目，这份“幸运”反而让我觉得自己像是一个“冒名者”，贪婪抢夺了本不属于自己的东西。很长一段时间里，日渐显影的愧疚、细小如倒刺的委屈，都淤积成心底的噪音，闷闷作响。

DAY 23

跳蚤

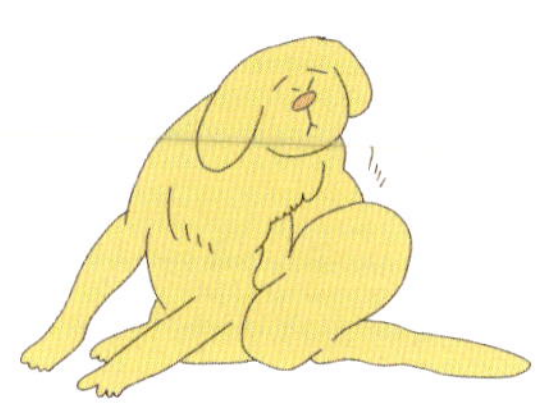

早上起来，看着满地狼藉，想象着昨晚究竟发生了什么。院子老板的脸像一朵蔫头巴脑的花儿，估计昨晚被折腾得很严重。

在一块山石的转角处，放着许多未开封的矿泉水，上面写着：“你可以随意捐赠，拿走水。”旁边小盒子里，有许多零钱。

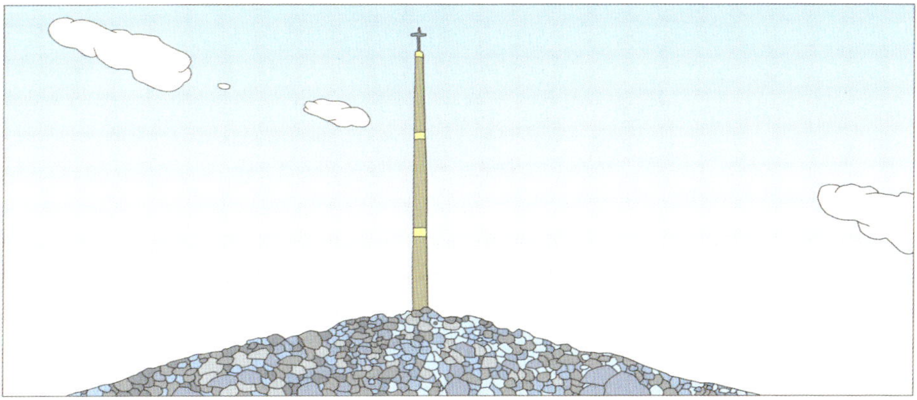

走到了朝圣之路的全程海拔最高点 —— 铁十字。这里海拔高一千五百零四米，位于朝圣之路的群山之巅。有个传统是从起点或家乡带一块石头，把石头向身后一抛，丢在这里，表示丢掉自己的烦恼、罪恶、悲伤、疑惑等所有负面的能量。

我在这里放下了一块从比利牛斯山背来的小石头，不知道烦恼是不是只有这么重。很多人把自己的手链、手帕、照片留在这里。

荒无人烟的山顶上，一间简单的小木屋立在路边，四周是漂亮的旗子。小木屋的主人是一位老人，几十年来独自一人住在山上。木屋可以让朝圣者短暂歇息，院子里有很多大狗。

终于下了山，全身都是酸麻的。现在只有土豆蛋饼能缓解我的痛苦。暖黄松软的蛋层和厚实绵糯的土豆泥叠加在一起，被温润的橄榄油包裹着，也包裹着我疲惫的心。

吃完饭，发现昨晚那群青少年也住进了这家旅馆。还好他们住在隔壁房间，但打闹的声音此起彼伏隔着墙壁频频传来，让人坐卧不安。

无奈，我下楼到旅馆公共空间躲清静，这时路上遇到的那只大狗一瘸一拐地走进房间。

楼上的声音好像小了些，准备回到床上休息。刚起身，忽然觉得腰上痒。

我对眼前这只一直在挠痒痒的大狗产生了怀疑。之前有人提醒我，夏天走这条路最麻烦的就是跳蚤问题。

爬上床时，我的手臂和大腿都痒了起来，听着隔壁青少年令人焦躁的吵闹声，感觉更痒了。但挠着挠着，还是睡着了。

DAY 24

宽恕之门

醒来时带着对隔壁青少年的愤怒和身上跳蚤咬的包，继续上路。虽然走起来不觉得太痒，可只要一停下，那些包痒得像要令全身自燃起来一样。

路上经过草垛旁休息的小动物，本能想要去亲近，
但一想到它们身上可能有跳蚤，就只好快步走开。

本想停在一家旅馆，但远见那群青少年涌进去，我像躲瘟神一样，只好继续咬牙向前走。

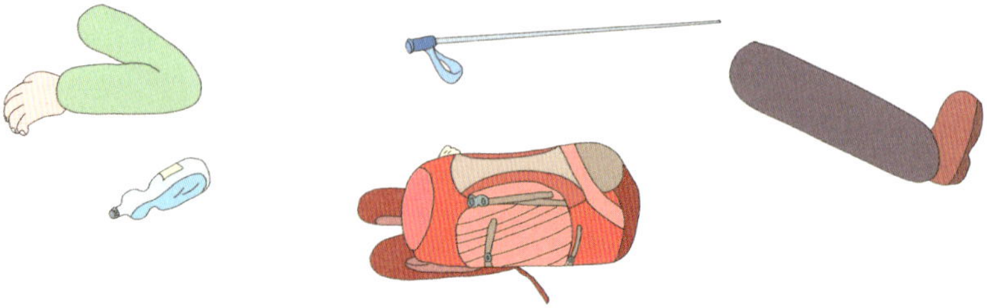

地图上显示今天有三十一公里的路，但我走了快三十八公里。尤其最后一段，上上下下，就是看不见村子，浑身的包痒得我想把腿锯了。

每次闻到牛粪味道时，我就知道快进村了。但这个村子像是废弃了很久，很多木头都塌下来了，门锁都已经上了锈，没法住。

忽然出现一只大狗，毛发漆黑，面目狰狞，我站在原地不敢动，生怕它咬我一口。

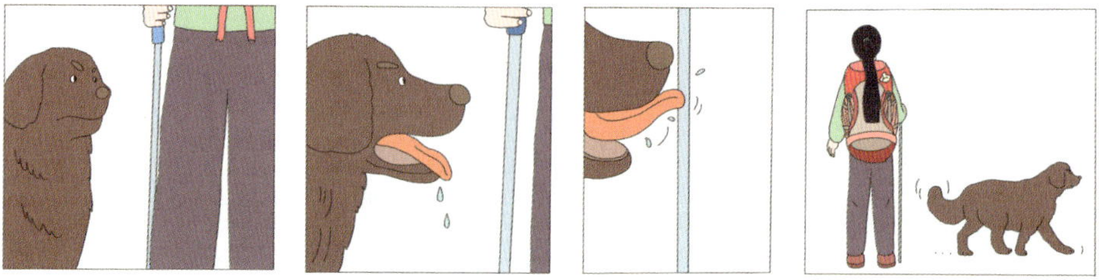

还好，它只是吓唬了我一下，就走了。

又走了很久很久，到旅馆时老板说只剩下一个床位了。庆幸的同时，有些后怕，谁知道下次会怎样。

床在旅馆顶层，又是上铺，又热又闷。我的脚已经裂到没法修补，身上还有各种跳蚤咬的包。

我请求老板给我换成下铺。

我摇摇晃晃地走进屋，下铺阿姨看我状况实在糟糕，主动要跟我换床铺。我十分感激，但连爬上床的力气都没有了。

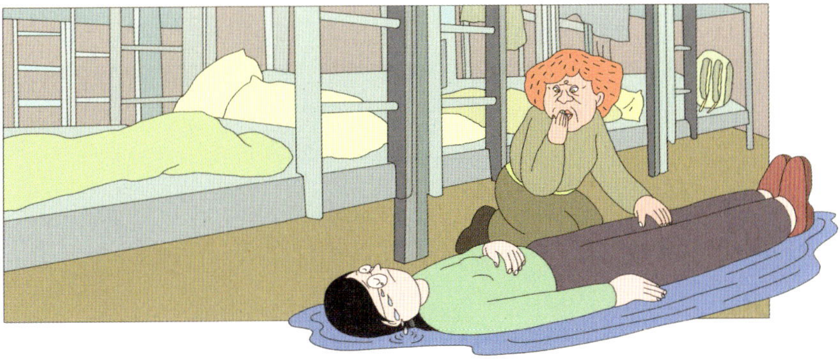

这家旅馆非常小，且没有洗衣机，洗澡间更小，很难彻底清洗身体。旅店主人养了一只大狗和大猫，看到它们在挠耳朵，我浑身难受。

晚上我到旁边的小餐厅吃饭，浑身酸痛且奇痒难忍。服务员看到我的一瞬间，眼神里充满同情。再看看其他餐桌的人，不是脚上缠着绷带，就是膝盖上缠着护膝，每个人都是一瘸一拐地走进来。

老板说起一扇古老的门，叫作“宽恕之门”。据说古时候，有伤痛或者疾病无法继续前行的人，经过这扇门，就意味着完成全程。他耸耸肩继续说：“但现在，大家还是要继续前进。”

半夜被身上的包痒醒，越挠越痒。一动腿脚，疼痛难忍。房间憋闷，呼吸都困难。后悔与懊恼如暴风骤雨般爆发，眼泪不争气地涌出，我开始气愤自己为什么要自虐走这条路。

黑暗中我忍不住想，要不
就停下来回家吧，不走了。

DAY 25

山顶

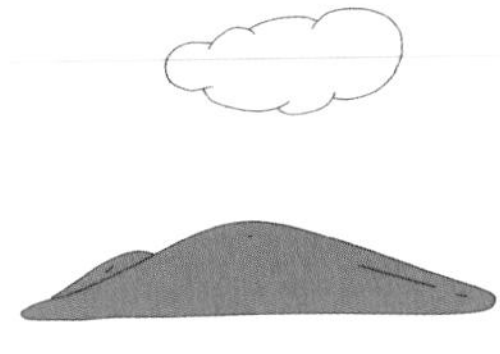

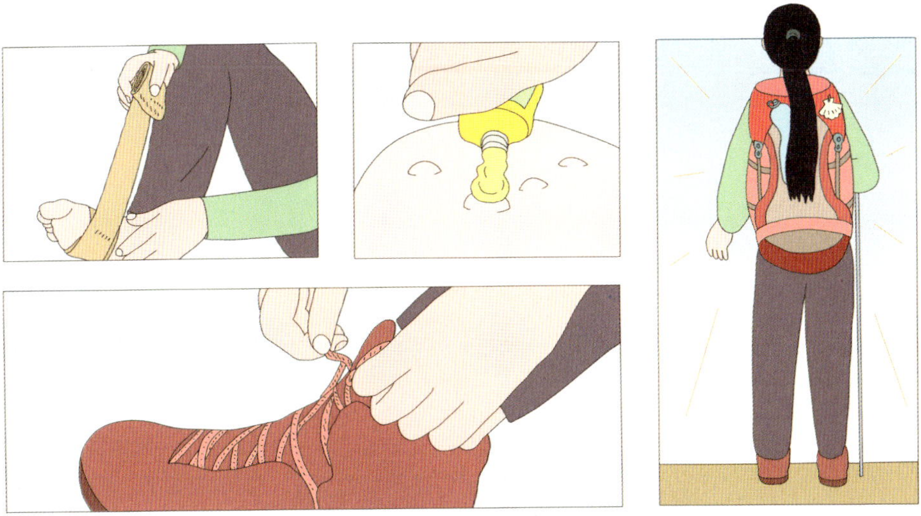

第二天，早上五点半，浑身涂满厚厚的药膏，脚上也缠好了绷带，准备继续出发。

路上总能见到一个穿着橘红色短袖的男人，
每次遇到教堂他都会停下来进去祷告。

走这条路的人大多是徒步，也有的是骑单车。骑马大概是几百年前的形式，现在更多是一种花哨的体验。

爬山的路只有八公里，可是海拔要升高将近八百米。但真正走起来，并没有想象中那么吃力，大概这么多天的行走对体能还是有帮助的。

路上遇到一位韩国阿姨，她说她做了一辈子家庭主妇，现在孩子们都考上了大学，她总算自由了，能够走出家庭，做自己喜欢的事情。

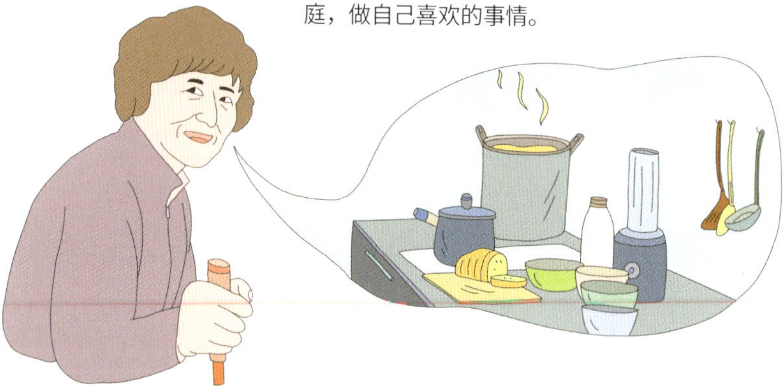

她问我，你父母年纪大吗？
我说和您差不多。她笑着说，那他们应该快自由了。

爬到山顶，海拔大概有一千三百米，低头看一路盘桓走过来的路，感觉走到现在，自己很了不起。昨晚打算回家的念头似乎也没那么强烈了。

路，总是走一步，才会看到下一步。

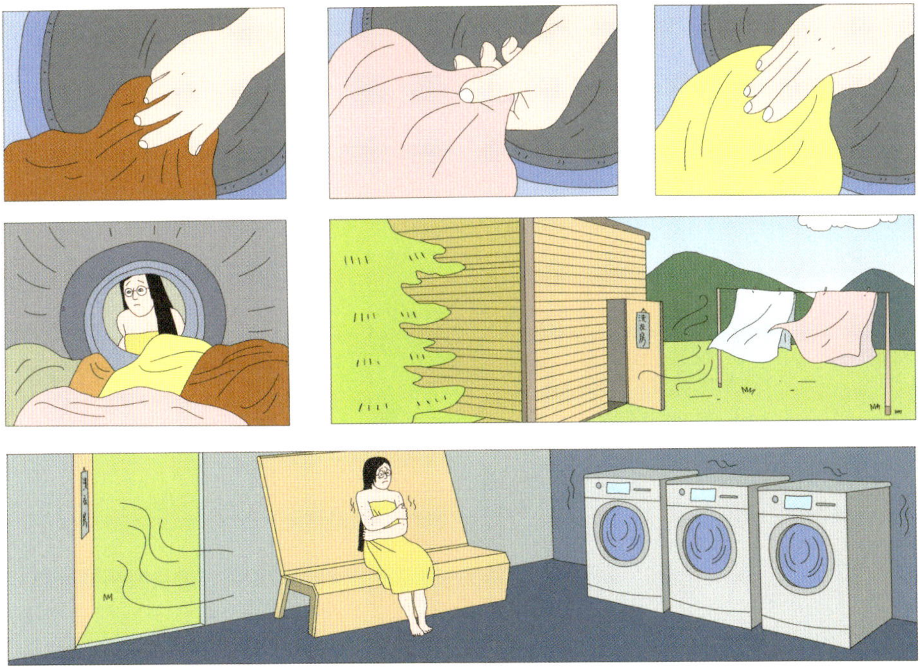

到旅馆洗完澡后，我把所有衣物都扔进洗衣机。山顶的风巨大，只剩下一条浴巾的我瑟瑟发抖，等着洗衣机洗衣服。

晾完衣服，我在广场上散步。这个小镇的建筑很像小草屋，据说是英国凯尔特人的遗址。进入加利西亚，意味着接下来有很多海鲜会出现在餐桌上。

在路边又遇到了那个像乞丐的人，他在地上摆着他的徒步护照，等着人们的施舍。

晚上韩国阿姨邀请我和她的朋友一起吃饭。那是一对德国母子，男孩刚大学毕业，母亲的腿不好，男孩配合着母亲的速度，他们每天走得很慢很慢。

晚饭后，韩国阿姨说其实那个母亲得了癌症，男孩希望通过这次徒步，为母亲祈福。

山顶的夜空，满天的星星触手可及，好像离天更近了一些。

DAY 26

给我一个拥抱

GIVE ME a HUG

Vitamin C
早饭后，和韩国阿姨拥抱道别，
她塞给我一瓶维生素C，说加油。
我边下山，天边亮起来。
渐渐看到远处有一座像仙
池的山，其中还能隐隐看
到彩虹，好美。
我拍了照片发给妈妈，她回信说，如果暂
时不想回国，就不要勉强，我和你爸都很
好，他也比之前想开了很多，不要担心。

半路上，迎面走过来一个女孩，她的胸口挂着一个小纸牌，上面写着“给我一个拥抱”。她微笑着问我：“可以给我一个拥抱吗？”

她是法国人，去年已经走完了全程，今年打算从终点向起点反着走。这一次，她想要收集路上的人们给她的拥抱。

人们偶遇时亲切拥抱和从容告别，如宇宙间星辰，

各自轨迹，各自使命，互相为伴，彼此围绕。

我想从我选择出国那天起，爸爸妈妈就已经接受，我是一颗偏离他们预想轨道的小星星。

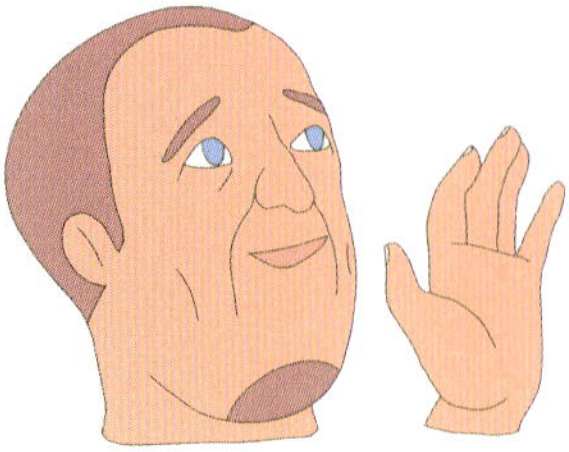

在旅馆遇到了那个橘红色衣服的男人，他叫B，意大利人，不会说英语，能说点法语，是个警察，虔诚的天主教徒。

我们互相看了对方手机里的照片，发现很多次我们离得并不远，只是没有遇到，甚至我们走过的弯路都是惊人地相似。

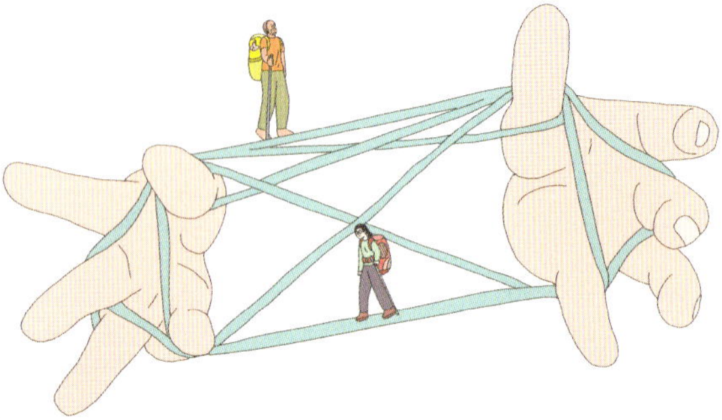

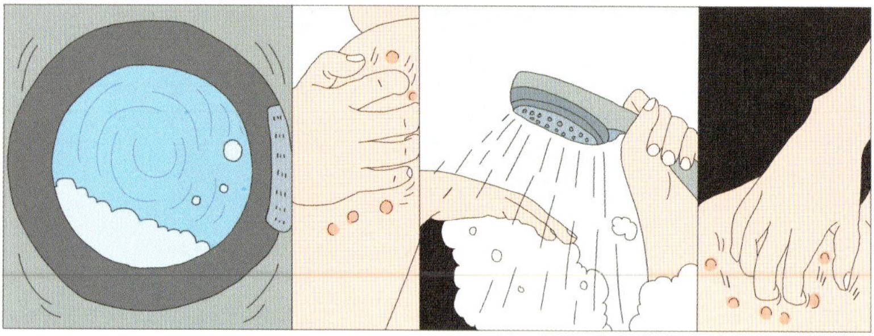

我脚疼，身上的包更疼，包不见消退，反而增加，我怀疑包里和衣服上还有跳蚤，于是反复地洗澡和洗衣服。大概人生中，我从来没有像现在这么干净过。

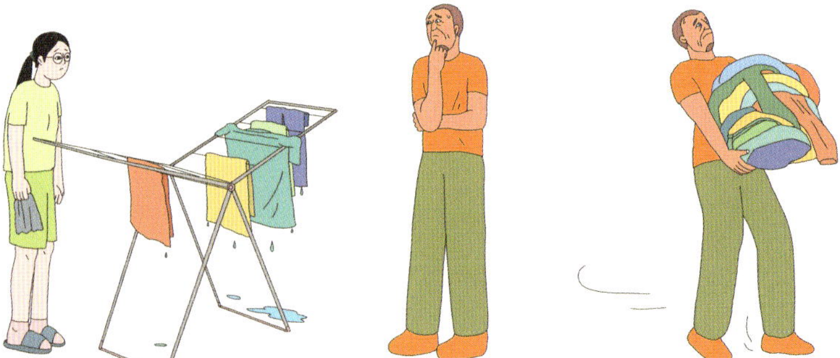

我把所有衣服晾到后院阴凉的小天井里。
B看到后，转头把衣服都抱走了，搭在门口强烈的阳光下。

果然到了晚上，衣服都干了。

DAY 27

有熊

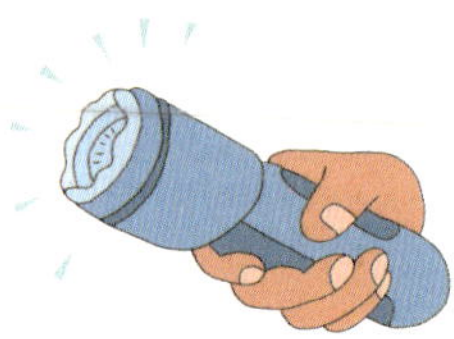

为了能在周四到达圣地亚哥，今天必须再多走一些路。早上五点十五，我和B相约一起出发了。

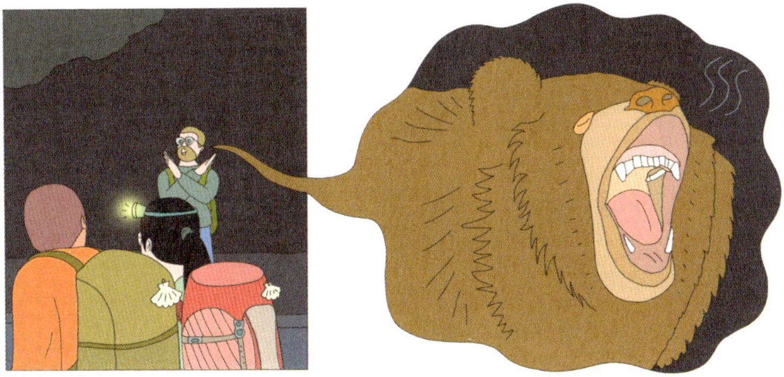

室外还是漆黑一片，走了五分钟，对面的马路走回来一个人。那人隔着马路小心地说，他刚刚听到熊的叫声，不敢走了。

我和B相视一笑，在全黑的路上继续前进。

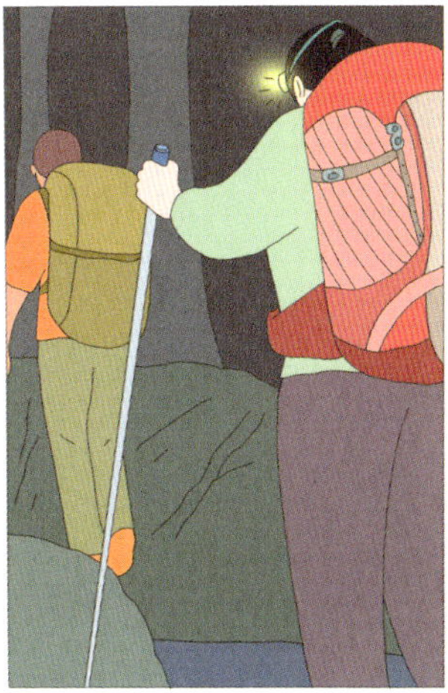

阴风在山谷里打转，听起来有点像野兽嚎叫的声音。

我头上小小的顶灯，和他小手电的光束，都被黑暗吞噬。

十分钟后，B忽然停在一盏路灯下，小声说，要不我们也等到天亮再继续走吧。

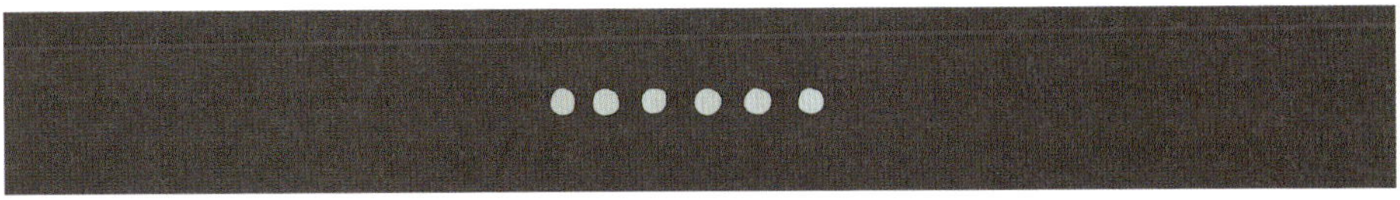

静止了漫长的十分钟后，后面传来窸窸窣窣的声响。

B听了一会儿，仿佛遇到救星般兴奋地说：“是意大利人！”

果然不久，一群意大利老阿姨出现在眼前。我们也加入大队伍，在朝阳中继续赶路。

离终点越来越近，反而不像开始时那么激进，想省着点儿走。难得这段路难度小，天气也好，心情好像也越来越轻松了。凉凉的雾气弥漫四周，树林像一个没睡醒的人。

游人明显多起来，许多人没时间又想取得证书，且这段路的难度不大，所以都来走最后一百公里。有人带着小型贵宾犬徒步，小狗穿着小鞋子，每走五十步，就需要人抱着再走一百步。

路上凡是有十字架的地方，周围都堆满了小石子。路边总有类似倒计时的路牌，上面标注着离圣地亚哥还有多少公里，像一支无声的啦啦队，一路上鼓劲儿加油。

我跟B一前一后，时不时地聊天。他腿疼得厉害，休息的次数越来越多。

有些人选择骑车走完全程，但偶尔车坏在半路，很伤脑筋。好人B每次看到，都会停下帮忙修车。

晚上B的小腿抽筋，大概是之前走得太快，筋腱出了问题。现在就算是有头熊跟在他后面，他也只能原地卧倒了。

后半夜听见他在下铺不断翻身，看来他疼得已经没办法睡觉了。

DAY 28

手势

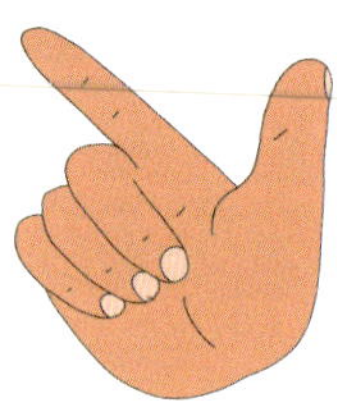

带着好心情，穿过充满牛粪味道、雾气弥漫的田野，浓雾下的树林像魔法世界。

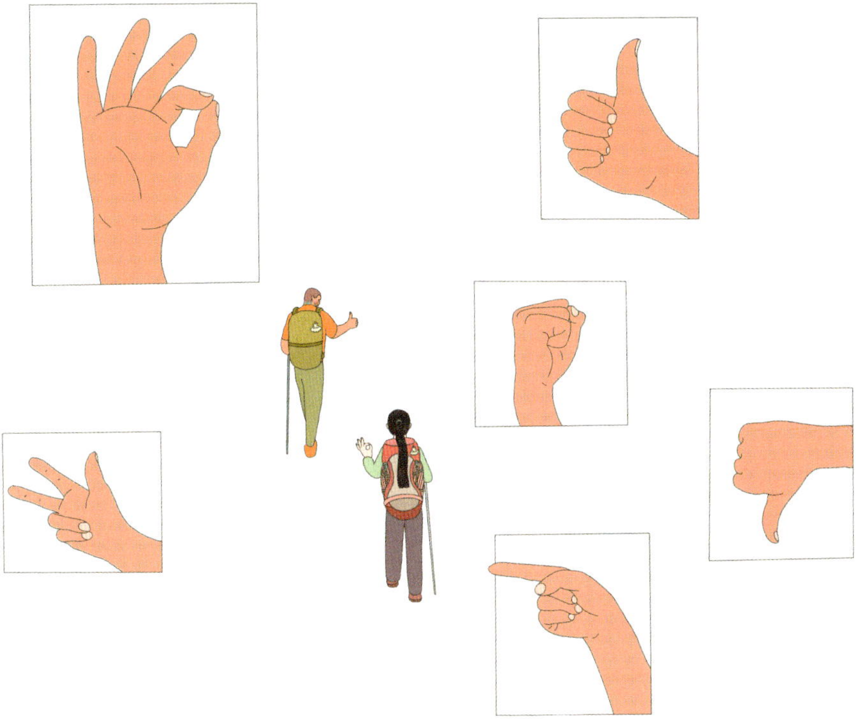

B时不时回头，做一个好或者不好的提问手势，我点头或者摇头回应。在每个要转弯的路口，他就用手势打方向，令我怀疑他是个交警。

路过一个小木屋，里面有微光，B出来后满含热泪。

里面只有一张桌子，坐着一位神父，是一位盲人。他打开徒步折页，在我的帮助下，慢慢地盖好章，微笑着将它递给我，轻轻点头。

B说，曾经的朝圣者们会身披棕色披风，
戴缝有贝壳的帽子，手里拿木杖，杖上挂葫芦，
挎羊皮小包。食物全靠当地人施舍，
晚上只在教堂或当地人家借宿。

一千年前的他们并没有现在的条件，走平坦的道路，每天都有遮蔽的地方，有充足的食物。我想对于宗教信徒来说，徒步走这条路的感受应该和我很不一样。

在杂货店看到了一件T恤，上面画着一双满是伤痕的脚丫子，真适合我。

药店里，遇见一位法国老奶奶徒步者，带着两个小外孙在买药。因为语言不通，老奶奶不断用手势向营业员表达自己的疼痛。从她痛苦的表情来看，应该伤得不轻。

营业员说，今天晚上她都在这里值班，随时可以来。

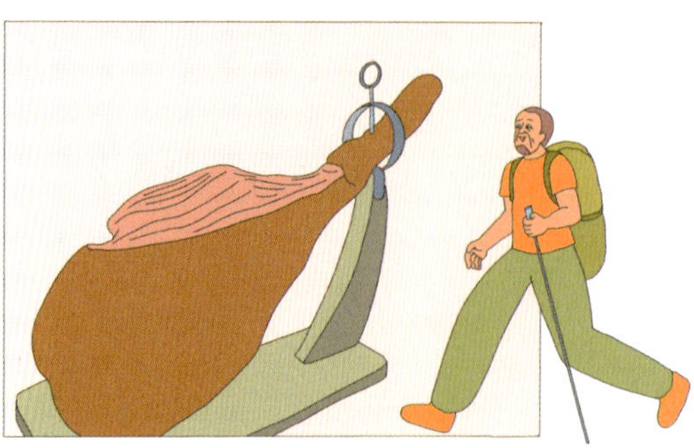

每次路过超市，B都迫不及待奔向柜台，那里有最便宜且美味的西班牙火腿。他会请服务员切上四五片，两三欧搞定。

而我会冲向杀虫剂，一大瓶的杀虫剂，是现在背包里最沉的东西，但给我足够的安全感。

到住所后，我们把火腿分给周围的徒步者，一个西班牙人拿出他的哈密瓜，切好片也分给大家。于是每个人一片火腿，夹着一片哈密瓜，清甜咸鲜，真香。

吃晚饭时，B非要学中国数字的手势，整顿饭我俩频繁打手势，远看像在划拳。不得不说，意大利人确实热衷于手势的表达。

晚上回到旅店，老板用韩语向我打招呼，这一路我已经习惯了，没有力气和他解释。

DAY 29

疯狂计划

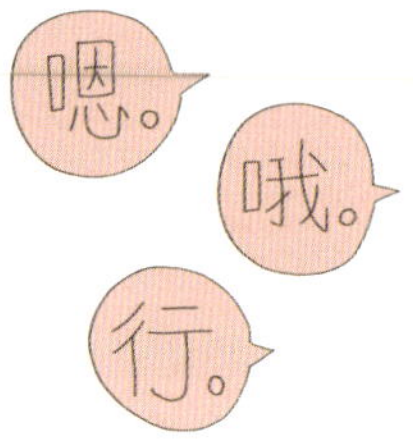

早上出发时，旅店老板继续用韩语向我道别。

B说他今天腿疼得已经无法行走了，决定去坐公交车。他告诉我将要住的旅店名字，我陪他找到公交车站，然后各自前行。

路上看到了在街上肆意躺卧的猫狗，正在抢食的奶牛们，以及在河边洗衣服的妇女。当徒步者经过时，人们一定会热情地打招呼。

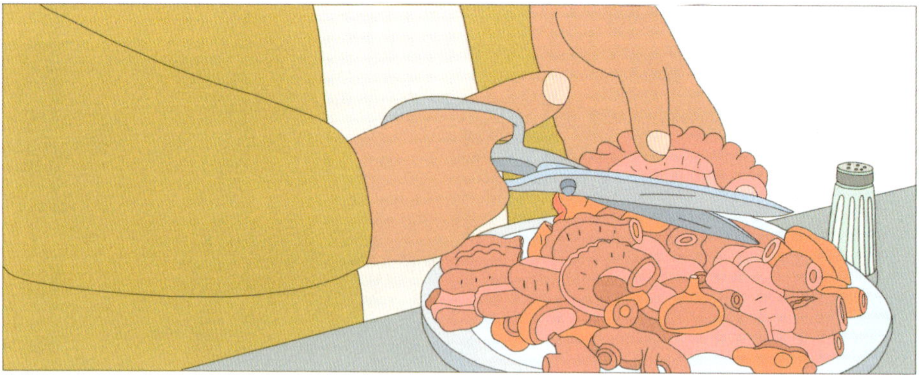

加利西亚是欧洲边陲，盛产大西洋的各类海鲜。路过一个小村庄时吃午餐，据说这里每天能卖掉六百公斤的大章鱼。煮章鱼的大哥特意从锅中捞出整个章鱼展示，红彤彤的大章鱼，看着就喜庆。烹饪方法就是简单的水煮，只放一点橄榄油和盐巴。

走进一大片桉树林，那树高得抬头也看不见尽头。

我一步一步地向前蹭，混合着希望和绝望，下午三点半终于爬到了。

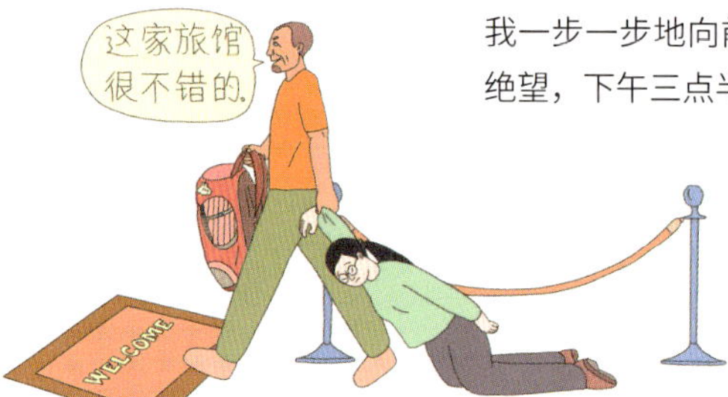

B早已帮我订好床位。他像旅店的主人，欢快地向我介绍旅店的设施，看起来他休息得很好。

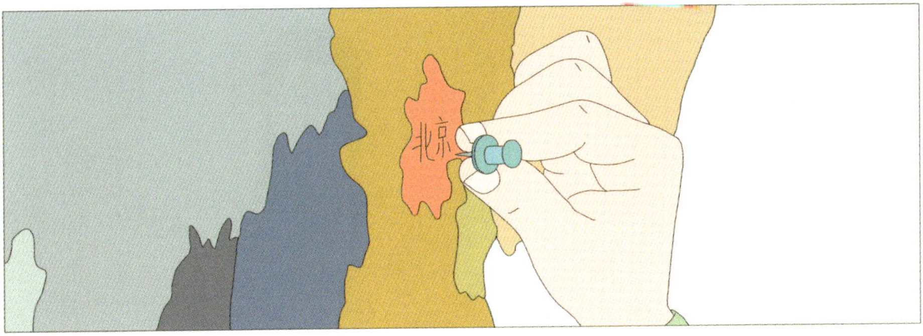

大厅里有一张世界地图，来留宿的朝圣者可以用大头针标注自己来自哪里。

吃饭时，我已经累得神志不清，毫无防备地同意了B提出的疯狂计划。

下一站就是圣地亚哥了，听说如果不提前预订住宿，是没有地方住的。那里有来自世界各地的游客，尤其现在正是旺季，除了徒步者，还有很多人直接坐飞机专门来朝圣。

我们赶紧向旅店老板求救，老板打开他厚厚的名片夹，在我们报出的价格范围内，挨个电话拨过去，果然都已经客满，我们感到很紧张。

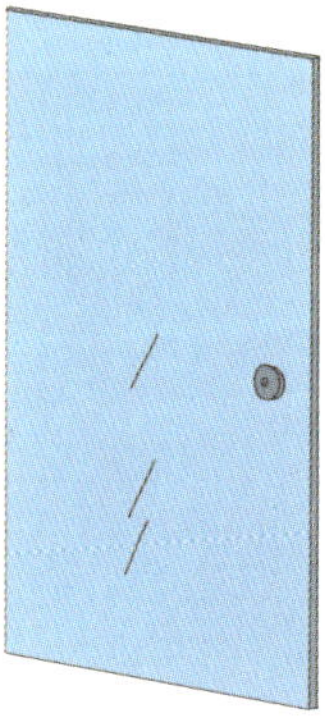

最后一刻，老板又打了一个电话，对方说，正好还有两张空床。

我们很高兴地记下了地址。

DAY 30

圣地亚哥

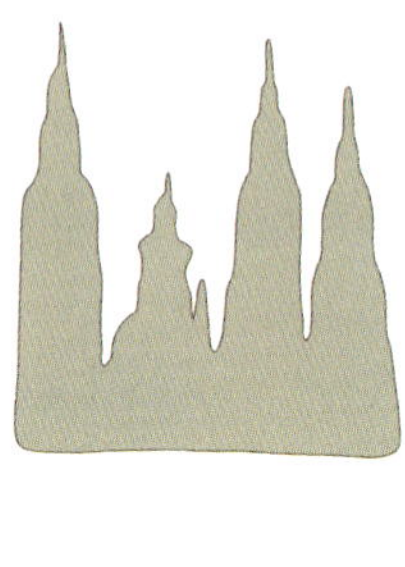

早上五点，做好所有的准备后，我们深吸一口气，准备一鼓作气走到圣地亚哥。

然而开门前我的登山杖突然断裂，我还在祈祷各位神仙保佑时，B已经埋头修好了它。

山里安静得可怕，稍一疏忽就会走错路。B拿着他的小手电不断地探着前方，四周漆黑，我们好像跌入了一块凝结的寂静中。

天越走越亮，远处的山后有云海，路上有快要开的花，参天的树，懒洋洋的狗。

据说朝圣者长途跋涉到达以后，会烧掉衣物，迎接新生。

距离圣地亚哥越来越近，路上的人越来越多，感觉所有人都想把浑身的力气全部用完。

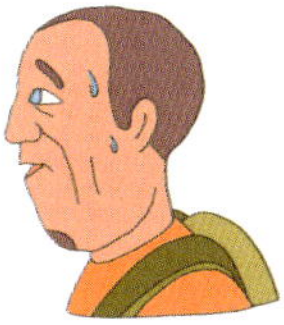

“你觉得上帝在哪里？”
我问B。

他上气不接下气，断断续续地说：“我认为，上帝存在于一切中。人、动物、花朵、风雨……甚至每一个微笑里。你可以去感受，不要给它以名称，不要限定它，不要有偏见，上帝永远以各种形态存在着。”

我们走了十个多小时，最后累得没有力气说话。计步器接近五十公里的时候，终于到了，我累得快要吐血。

圣地亚哥和我想象的一样，太多的
人，太多的商店和餐馆，太闹腾。
忽然有点失望，有点想逃离。

更麻烦的是，昨天旅店老板确实预订了两张床，但房间是双人间。

整条路上，我和他都住青年旅社大房间的上下铺，忽然两个人一起住这么小的房间，的确不方便。

不知道是不是因为太尴尬了，我俩尽管已经很累，但都放下行李，逃离了房间，分头行动了。

取徒步证书的门口挤满了人，有些徒步者在那里又遇到自己在路上的老朋友，欢呼着拥抱。

我环顾四周，没有熟悉的面孔，有些失落，
很想念那些在路上遇到的人，任何人都好……

广播叫到我的名字，走进房间，工作人员是个大叔，他仔细检查我徒步护照上的印章，随后拿出一张证书，在上面慢慢写下我的名字，递给我，微笑轻声说：“祝贺你。”

我拿着证书往旅馆方向走，也没有太强烈的兴奋，不知道是因为太累了，还是因为没有人和我一起分享这份喜悦。

这个人在圣地亚哥靠给游人拍复古照片为生。生意不多时，他会拿着另一台相机在城中四处找灵感，继续他的创作。他的妻子在摊儿旁边照顾着他们的孩子。

我按照他的建议，摘下眼镜，散开头发。头发对我来说是度量时间的尺子，在法国生活期间从未剪过。这些年的生活忽然就这样散开，难过也好，不舍也罢，在风里吹了吹，轻了很多。他连拍了三张，让我留下联系方式，说将来会用邮件发给我。

正准备走，他的女儿拉住我的衣角，想让我陪她玩。她拖过来一个袋子，里面装满了小石头。

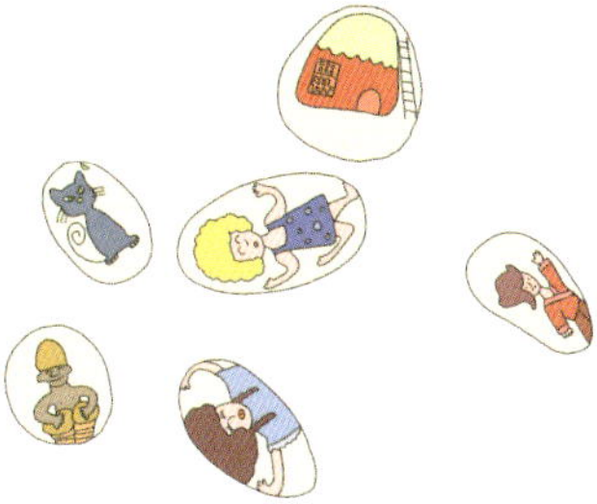

她妈妈说这是她的玩具，因为买不起图画书，
她就把图画书里的角色都画在了石头上。

但成长的过程，就是目送一个人的背影渐行渐远。

告别他们一家人，路过回廊，听到很美的声音。一个女人在斗拱下唱歌。她散着长发，时不时往脸上撒点水，水滴在阳光下，映照得脸庞更加圆润光彩。

我坐在大教堂的广场上，看着从四面八方走来的徒步者聚集在这里，没有言语可以表达此时的心情。

回到旅馆，不安的我又去找老板问其他的房间，他说全城都订满了。

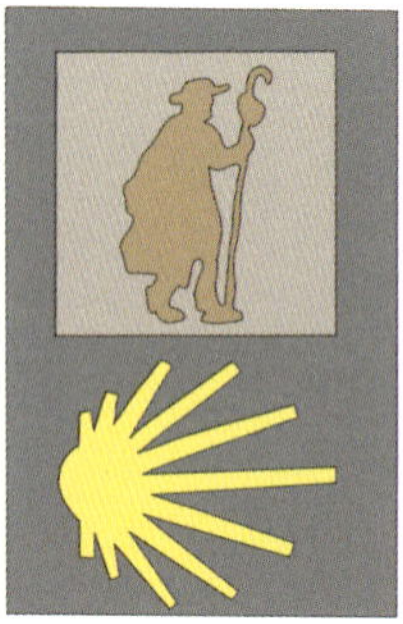

回到房间，我和B向对方展示自己的证书。他打算在圣地亚哥多停留几天，对于宗教信徒来说，这里就是他们的终点。

但这段旅程还有个小尾巴，是菲斯特拉(Fisterra，意为“世界尽头”)，需要再走三天，那里才是真正的终点。可能是想早点离开这个城市，也或者是这个房间，我决定明早就继续前进。

趁他出门，我赶紧洗了澡，钻进睡袋里，不知什么时候就睡着了。

DAY 31

不要太着急

旅馆在市中心，楼下的酒馆凌晨三点还在营业，徒步者们为到达圣地亚哥欢呼。酒瓶声，谈笑声，加之我的“警报系统”一直没有解除，睡得并不安稳。

时不时醒来，B用他震耳欲聋的呼噜声，证明一切都很安全。

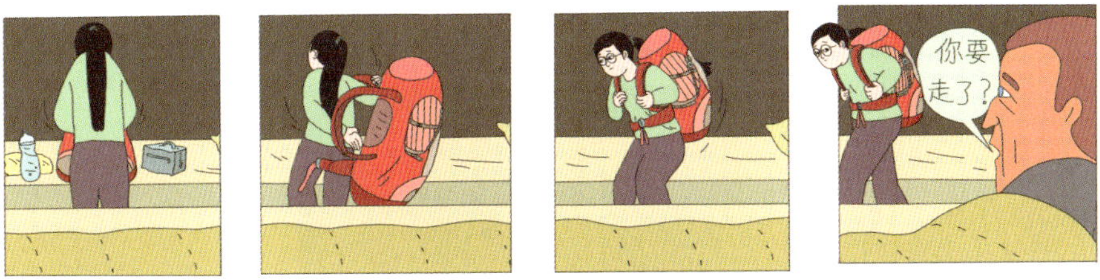

五点半，我小心翼翼地爬起来，收拾好东西准备离开。

黑暗中，B递给我一包水果和点心，说是昨晚出去给我买的早点。我后悔自己没给他准备礼物。如果不是这个尴尬的房间，我应该会放松很多。他慢慢地对我说：“如果你感觉走了弯路，至少说明还没有迷路。”我们拥抱告别，祝福对方。

又回到一个人的徒步，很怀念这几天路上B的陪伴，以及他请我喝了一路的橙汁。

中午我爬上一个小山坡坐下，打开B买的点心，大口吃起来。
有前面三十天长途跋涉的脚力，现在走上三十几公里，真是小菜一碟。

走到旅店，和同屋三个徒步者一起去吃了著名的海鲜拼盘。
大家都对菲斯特拉这个地名充满兴趣。

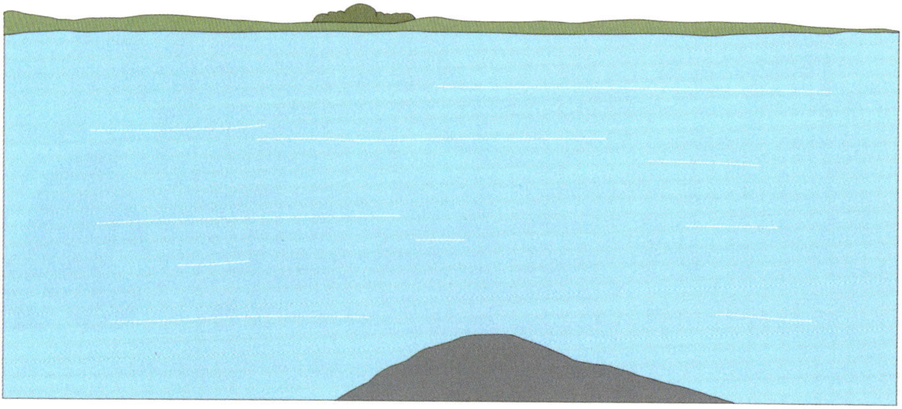

一个法国女孩说，因为哥伦布发现新大陆之前，欧洲罗马人来到此地，看着眼前的大西洋，认为地球的陆地就此终结，再往西边就什么也没有了。

路上遇到一个老爷爷，送给我一张他自制的明信片，握着我的手说："不要太着急。"然后没有下文地转身离开。一路的奇遇，让我已经习惯了这样的"空降"幸福。

DAY 32

迷雾

加利西亚是名副其实的雨都。回忆起第一天的徒步，时间好像拨了回去。雾中又开始下小雨。

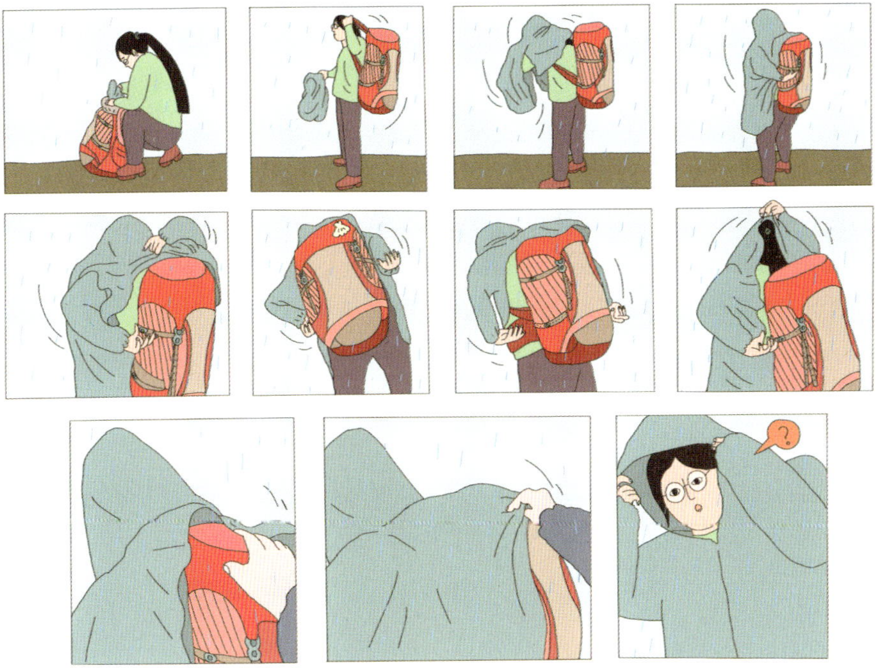

雨渐渐变大。雨衣卡住了，没法拽下来，忽然有人帮了我一下，回头，是法国絮叨老爷爷 M，那次大教堂我逃跑后，路上就没再见过他。

虽然那时候真的很讨厌这个人，但隔了这么久，再见到时，似乎像人生中失而复得的老朋友，我们都激动得大叫了起来。

一起走了一会儿，他出奇地安静，也可能是下雨影响了他的絮叨。

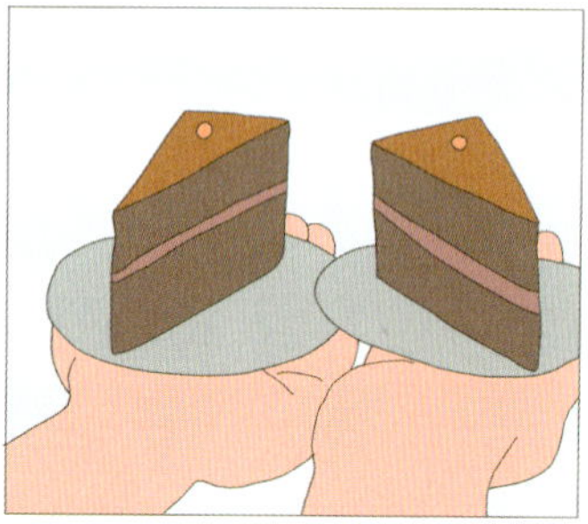

一个卖巧克力蛋糕的女孩出现在路边，M爷爷买了两块，送我一块。

他囫囵吞枣吃完转头向我说：“要是有缘，我们明天在菲斯特拉见！”然后消失在雨中。

当他没那么爱
指手画脚时，
还挺可爱的。

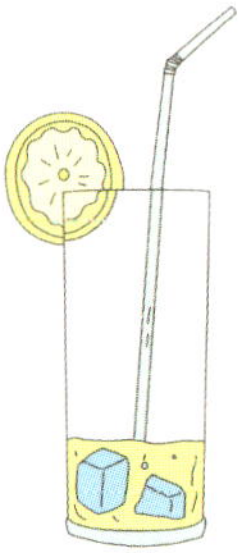

今天的旅馆，满园的牛粪味道。自从进入加利西亚，一直是这样的气息。
第二天早上拿起晾干的衣服，简直是“醇香四溢”。

在加利西亚，每天都会吃到加利西亚汤。它像一碗杂菜汤，里面有卷心菜、白芸豆、土豆，用猪蹄炖出来，味道我不喜欢。

正在吃饭时，遇到一个意大利人，看着面熟，才想起在半路的庇护所见过他，那个穿红色短袖衫，逢人便自我介绍的P。

他是一个卖家具模具的商人，说半辈子商人日子过够了，钱也赚足了，现在想停下来，重生一下。

我忽然想起在教堂蜡烛仪式里的那对老夫妻，便问他是否知道那天老奶奶究竟说了什么。

他告诉我，他们刚刚失去了唯一的儿子。

时隔这么多天，回忆起当时的场景，感到更加悲伤。

明天就要走到菲斯特拉，
我想我已经有了答案。

DAY 33

终 点 与 起 点

一早起来天气凉凉的，很舒服。爬山时看到了天上玫瑰色的云彩，好美。

远远看到一家三口在徒步，临到终点，我看到了心里更在意的画面，家的样子。

走到了一个分岔口，向左是菲斯特拉，向右是穆希亚（Muxía）。很多人在那个路口轻声地互道再见，然后各自左右前行。

小心地蹭着下山，走到半山腰时已经能闻到海的味道了，远处雾散的瞬间，忽然看到了大海的边角，我兴奋地跑下山。

天像是海的镜子，海风越来越大，我路过了一片面朝大海的墓地。

终于走到了菲斯特拉，白色的细沙里到处是贝壳。四处都是海鸥，天上飞的，座椅上看海的，沙滩边啄着贝壳的，人行道上溜达的。

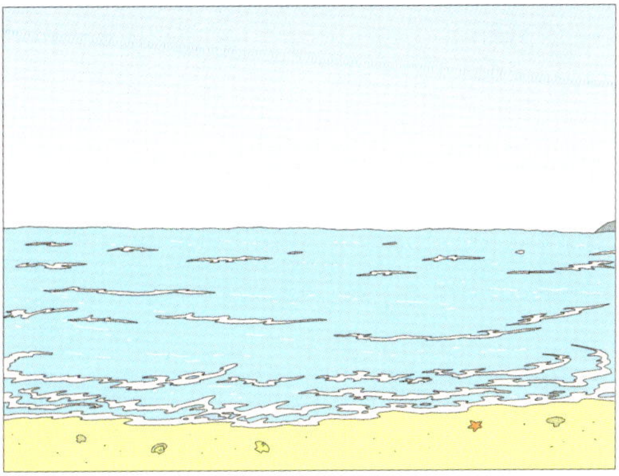

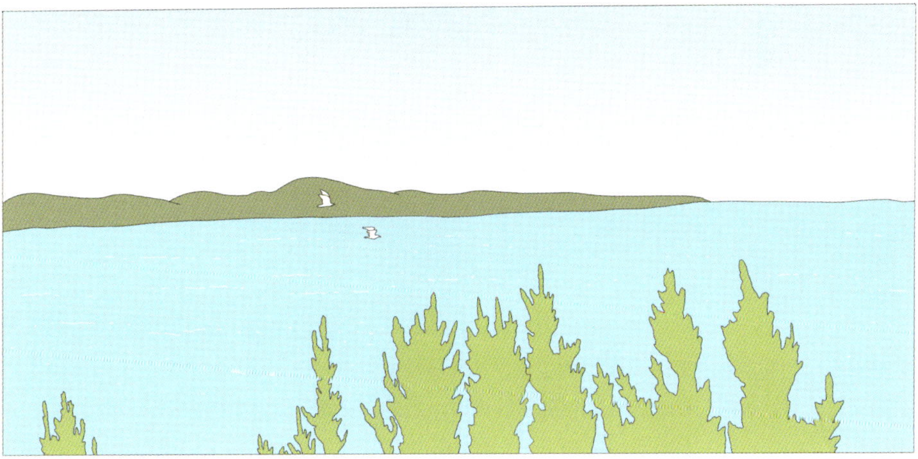

本想给爸爸妈妈打电话，让他们听听大西洋的声音，结果手机没有信号。

从旅店出门走半个多小时，就可以到最终端的山崖了。

走向山崖的路上，又一次看到了那个像乞丐的人，我想这应该是我最后一次遇见他了，于是鼓起勇气走过去。

他是一名比利时的糕点师，有丰厚的工资，这样徒步乞讨全程是为了增加自己的人生体验。如果每天讨到的钱足够，就会去住旅馆或者庇护所，如果不够就在树林里搭帐篷，随遇而安。

他问我：
“你为什么要走这条路？”

我讲起我的故事，最后说：“我不知道是继续留在国外，还是回国发展。家和理想究竟要告别哪一边，很难做决定，所以想来找一个答案。”

落日的余晖中，他看着我，一字一顿地说：“你知道吗，这里是陆地的结束，但这是海洋的开始，地球是圆的，从来没有什么真正的告别。”

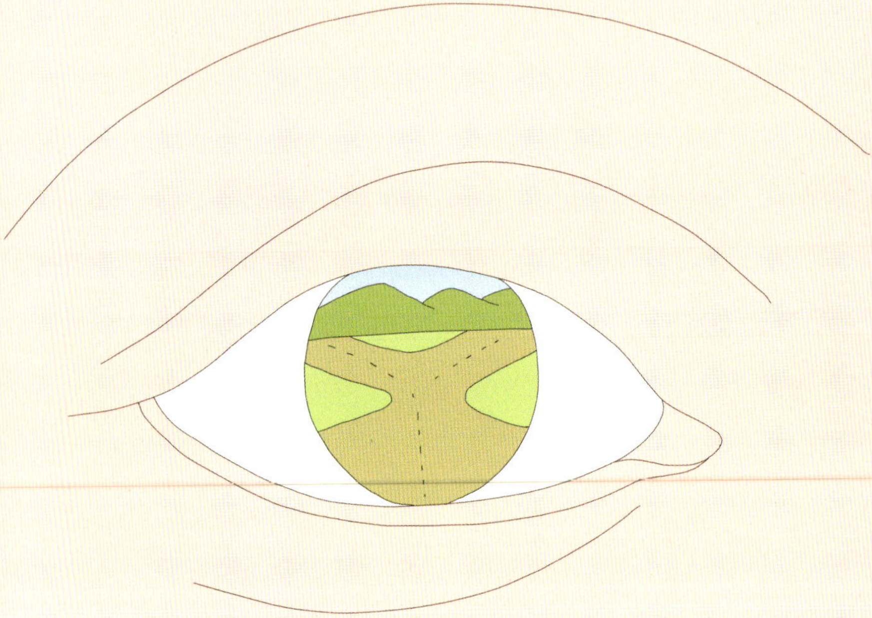

心里有些重重的东西轻轻地落了下来，在轰然的灰烬中生出一朵小小的花。

和他告别后，我独自坐在终点海崖的石头边上，看着眼前海天一色的景致。这里真美啊，人生中不知道还会遇到几次这样的美景。此刻的内心是满足和幸福的。

尾声

从菲斯特拉离开后，我又回到圣地亚哥，准备坐夜间大巴回马德里（Madrid）乘坐飞机。

中午到达圣地亚哥时，大教堂里正在做弥撒。那个大的香炉，据说是世界上最大的香炉之一，只有在重大活动时才拿出来挂上，平均每年能赶上的日子，不到三十天。主教说了好几次“Buen Camino”，大概是在保佑人们在这条路上平安，人生旅途也顺利。

在候车站台上，我遇到了第一天认识的韩国女孩J，后来在路上我们都没遇到了，但却上了同一辆归程的大巴，缘分真是奇妙。

这漫长的三十三天，约一千公里的徒步，公交车一夜就走完了，真令人唏嘘。

夜行的大巴，漆黑的车厢里，我回想起在国内上大学的那些年。因为家住北京郊区，每周五晚上，我需要从市区出发，坐一个小时的长途高速大巴回家，到了周日晚上，再如此这般回到市区。

曾以为我会厌倦这样的颠簸，但那些年里，这反而是我最喜欢的事情。漆黑的车厢，悬浮的时间，既不属于学校，也不属于家里，不在任何端点的我，有了一段全然属于自己的时间。

而这次的长途徒步，好似那个情景，我将自己“放逐”在一个陌生国家的陌生路途中，得到一个属于自己的答案，这大概是最好的生日礼物。

早晨的马德里机场，阳光洒进大厅。我找到安静的角落，打开手机回顾着一路的照片。有两张让我印象深刻，刚出发时那个茫然无措的迷路老人背影，和接近徒步尾声时，摄影师小女儿如天使般的微笑脸庞。

最终我选择了回国，回到了父母身边。或许选择是左是右并不重要，得与失只是贪心者的执念。

国内的艺术环境，有困惑和挣扎，但我也感受到挑战和机遇。

老师的苹果树后来长高了，而我创作的果实还在慢慢生长。

如果你问我这条路走完，是不是什么都想通了。我想说不会的。

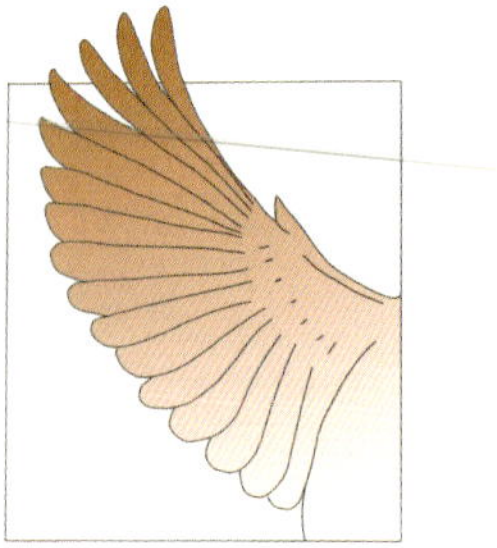

现在距离那段回忆，已经过去近十年，这些年中，我遇到大小的现实坎坷无数，挫败时还是会大声痛哭，受阻时依然会跳脚发火。

但当困难出现时，曾经在路上付出的勇气和坚韧，就会穿过时间的长途，如流水，疗愈眼下的伤痛。即使是现在，我仍然能感受到它时时刻刻给予我的力量。

也许所有错的路口，都有对的意义，
只要一直向前走，就会有信号。

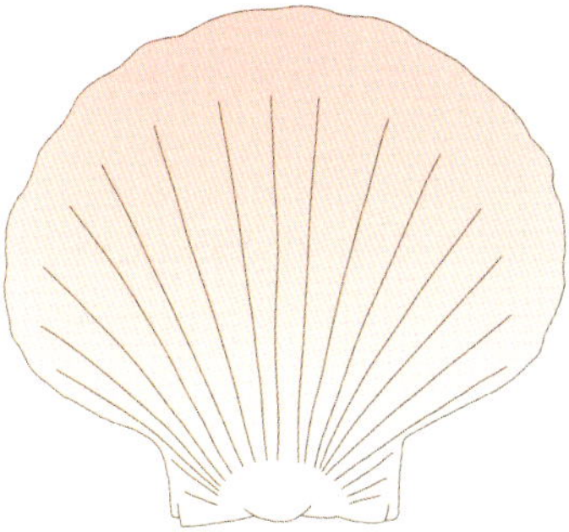

地球是圆的，没有什么最终的告别。

后记

起初选择这条路，只是为了寻找一个答案。家人曾劝我多留心沿途风景，将来或许能入画，可不知是出于叛逆，还是执意专注于答案，我刻意避开了分心——很少拍照，也不愿多想，只是日复一日地行走。

但一路上遇到的林林总总的人和事，在回来后总是忍不住向人一遍遍讲述。说得多了，渐渐生出一个念头：或许该把它们画下来？

于是之后的每一年，如候鸟归乡般，我都会勾勒几笔，却总因不满意画风而搁笔，甚至一度怀疑：这故事值得被讲述吗？

再后来，时光流逝，挫折在心底淤积成层层情绪。每当心情低落，那段徒步的记忆便浮上来，给我些许继续的勇气。

说来也怪，这段故事经年累月，在回忆中渐渐褪去表层的奇闻轶事，显露出深处的轮廓。当我将记忆的脉络回溯至留学之初，串联起法国的种种经历，才明白那段徒步之旅早已埋下因果的伏笔。许多当初的决定，如今遥望，背后潜伏的线索早已清晰可辨。

或许，有些故事注定需要时间，才能拼凑出完整的模样。

这些年，每当向新朋友提起那条路上的故事，我总能在他们眼底捕捉到闪烁的微光。那些我曾经历的迷惘与踌躇，原是多数人共有的生命疑惑。而这条路，早已抽象成某种人生隐喻——我在其中寻得的答案，或许也能照亮他人。

陆地与海洋，尽头和开始，向左还是向右，禁锢或者解脱，人生中处处都是选择。我感谢在陆海相接处找到了这道题的答案。于是带着这枚密钥，多年来我数次撬开命运的窄门，让前路始终留有微光。

去年正式动笔绘制这本书时，每天十几个小时的孤独工作，竟让我重获久违的创作幸福感。常年制作动画的我，第一次踏入图像小说的领域，陌生感很快被探索的兴奋取代。在方寸格线间编排事件与情绪，让我感到自由和自洽，如同闯入无边的时空游乐场，四处奔跑，毫无戒备。

虽然每每凌晨搁笔时几乎虚脱，内心却无比充盈和满足，倒头便沉沉睡去。这状态与当年徒步出奇地相似。半年的绘制，仿佛用笔尖重走了一遍长路。

那条徒步之路对我的意义，早已不止于“十年前曾走过”，它像一条隐秘的根系，在十年后，牵引蔓延，真正生长出一条独属于我的路。

特别感谢陪伴此书诞生的每一位：“梦药水”主理人猫弟、“理想国”创始人刘瑞琳女士、总编孙红梅老师、编辑赵欣，以及始终支持我的父母和先生。谢谢你们共同守护了这个故事的诞生。

爬上比利牛斯山，遇见了这匹雾里的马。

在潘普洛纳遇到的那个石门。

皋后桥镇的青年旅馆。

去往圣多明各—德拉卡尔萨达的路上。徒步途中，眼前常常是这样望不到头的漫漫长路。

从卡斯特罗赫里斯（Castrojeriz）出发后，走在日出里的人。

阿塔普埃尔卡（Atapuerca）山上的木质十字架。

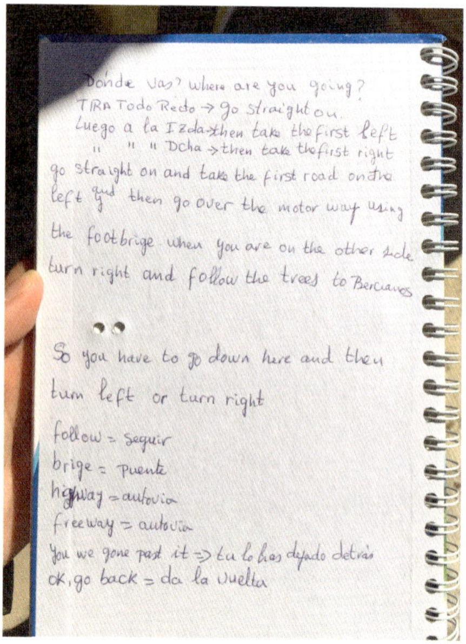

好心人写的路线说明。

从圣殿骑士村（Terradillos de los Templarios）出发后，路上看到成片的向日葵。

还有三十公里就到圣地亚哥了！

终于到了菲斯特拉，路碑的数字终于归零。

岔路口常有人用石子做标记。

在圣地亚哥，遇到的摄影师女儿的石头玩具。

坐在菲斯特拉石崖边的人。

海，从这里开始。

图书在版编目（CIP）数据

陆地的尽头，是海洋的开始 / 俞昆著绘 .-- 上海：
上海三联书店，2025.9.（2025.12 重印） -- ISBN 978-7-5426-8887-3

Ⅰ .I247.5

中国国家版本馆 CIP 数据核字第 20258NR189 号

陆地的尽头，是海洋的开始 

俞昆 著绘

责任编辑：苗苏以
特约编辑：赵　欣
特约策划：梦药水DrinkDream
装帧设计：董茹嘉
内文制作：董茹嘉
责任校对：王凌霄
责任印制：姚　军

出版发行 / 上海三联书店
（200041）中国上海市静安区威海路755号30楼
邮　　箱 / sdxsanlian@sina.com
联系电话 / 编辑部：021-22895517
发行部：021-22895559
印　　刷 / 山东京沪印刷科技有限公司

版　　次 / 2025 年 9 月第 1 版
印　　次 / 2025 年 12 月第 2 次印刷
开　　本 / 880mm × 1230mm　1/32
字　　数 / 147千字
印　　张 / 9.75
书　　号 / ISBN 978-7-5426-8887-3/I · 1934
定　　价 / 88.00元

如发现印装质量问题，影响阅读，请与印刷厂联系：0533-8510898